Wendy Orr
SOS für Selkie

Wendy Orr wurde 1953 in Kanada geboren und ist mit vielen Haustieren an verschiedenen Orten zwischen Nordamerika und Frankreich aufgewachsen. Sie machte eine Ausbildung zur Ergotherapeutin und zog nach ihrer Heirat nach Australien, wo sie heute als erfolgreiche Autorin von Kinder- und Jugendbüchern lebt. Ihre Werke sind in zahlreiche Sprachen übersetzt und vielfach ausgezeichnet worden. Wendy Orrs erstes Buch über Nims, Selkies und Freds Abenteuer ›Wie versteckt man eine Insel?‹ wurde unter dem Titel ›Insel der Abenteuer‹ sehr erfolgreich verfilmt.

Beate Schäfer studierte Germanistik, Geschichte und Amerikanistik. Sie arbeitete lange Zeit als Verlagslektorin. Inzwischen lebt sie als Übersetzerin, freie Lektorin und Schreibpädagogin in München.

Wendy Orr

SOS für Selkie

Aus dem Englischen von Beate Schäfer

Mit Illustrationen von Kerry Millard

Deutscher Taschenbuch Verlag

Von Wendy Orr ist bei dtv junior
außerdem lieferbar:
Wie versteckt man eine Insel?

Das gesamte lieferbare Programm von dtv junior
und viele andere Informationen finden sich unter
www.dtvjunior.de

MIX
Papier aus verantwortungsvollen Quellen
FSC® C019821
FSC
www.fsc.org

Deutsche Erstausgabe
2012 Deutscher Taschenbuch Verlag GmbH & Co. KG,
München

Titel der australischen Originalausgabe: ›Nim at Sea‹,
2007 erschienen bei Allen & Unwin Pty Ltd,
Crows Nest, Australia

Umschlagkonzept: Balk & Brumshagen
Umschlagbild: © 2008 Universal Pictures Int. Germany GmbH
Lektorat: Katja Korintenberg
Gesetzt aus der Baskerville 11/14˙
Gesamtherstellung: Druckerei C. H. Beck, Nördlingen
Printed in Germany · ISBN 978-3-423-71478-5

Für Paula, die an Nim geglaubt hat.

W. O.

Für Wendy und all unsere gemeinsamen Geschichten.

K. M.

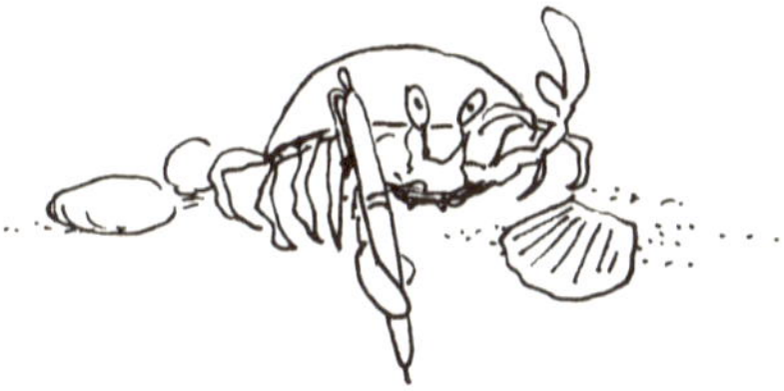

Vor langer Zeit, als Nim noch ein Baby war, hatte sie nicht nur einen Vater gehabt, sondern auch eine Mutter. Aber eines Tages war ihre Mutter losgezogen, um den Mageninhalt des Blauwals zu untersuchen. Es war ein interessantes Experiment, das seit Tausenden von Jahren noch nie jemand durchgeführt hatte. Nims Vater, Jack, hatte das für nicht weiter gefährlich gehalten, und das war es auch nicht, bis die Tropentrip-Touristen kamen und einen Film darüber drehen wollten. Sie schrien und umkreisten mit ihrem großen, rosaroten Schiff Nims Mutter und den Wal. Der Wal geriet in Panik und tauchte unter, so tief, dass niemand sagen konnte, ob oder wo er wieder aufgetaucht war.

Nims Mutter jedenfalls tauchte nie wieder auf.

Also nahm Jack sein Baby und segelte um die Welt herum. Und dann eines Tages, als das Baby zu einem kleinen Mädchen herangewachsen war, entdeckte er die Insel – den perfekten Ort für seine Forschungen und das perfekte Zuhause für Nim.

Hier konnte sie genauso wild und frei aufwachsen wie die Tiere, mit denen die beiden lebten.

Auf der Insel gab es weiße Muschelstrände, blassgoldenen Sand und schwarze, wie zufällig hingeworfene Felsen. Es gab einen Vulkan, dessen Hänge dunkelgrüner Regenwald bedeckte und an dessen Fuß sich sanftes Grasland erstreckte. Es gab einen Teich mit frischem Trinkwasser, einen Wasserfall, den man runterrutschen konnte, und da, wo das Grasland auf den Strand traf, eine nicht einsehbare Senke. Dort baute Jack ihre Hütte.

Am besten von allem war das Riff, das die Insel wie ein Labyrinth umgab, sodass nur sehr kleine Boote landen konnten. Denn Jack und Nim wollten nicht, dass die Tropentrip-Touristen oder irgendwer sonst ihre Insel fand.

Aber eines Tages verschwanden Jack und sein

Boot in einem Sturm auf hoher See – und Nims E-Mail-Freundin Alex Rover, die berühmteste und ängstlichste Abenteuer-Autorin der Welt, kam auf die Insel, um Nim zu retten.

Und dann erfüllte sich Nims größter und geheimster Wunsch: Jack kam zurück und Alex blieb bei ihnen.

1

Mitten im weiten, blauen Ozean lag eine Insel; auf dieser Insel stand eine Palme und hoch oben auf dieser Palme saß ein Mädchen.

Nims Haar war zerzaust, ihre Augen leuchteten und um ihren Hals trug sie drei Kordeln. An einer hing ein Fernglas, an der anderen eine gedrehte Pfeifmuschel, an der dritten ein großes, rotes Taschenmesser.

Mit dem Fernglas vor Augen verfolgte Nim, wie das kleine, rote Wasserflugzeug verschwand. Es holperte auf den Wellen übers Riff, dem tiefen, dunkelblauen Meer entgegen, dann warf es sich in den hell leuchtenden Himmel. Es stieg so hoch und flog so weit, bis es nur noch ein kleiner Fleck war und schließlich verschwand.

»Alex ist weg«, erklärte Nim Fred.

Fred starrte die Kokosnüsse an, die an der Palme hingen.

Fred war ein Leguan, stachelig wie ein Drache und mit einer lustigen Stupsnase. Er saß auf Nims

Schulter, doch Abschiednehmen interessierte ihn nicht. Er mochte Kokosnüsse lieber. (Normalerweise essen Leguane ja keine Kokosnüsse, aber Fred wusste das nicht.)

Während Nim drei reife Kokosnüsse auf den Sand plumpsen ließ, erinnerte sie sich an einen Satz von Alex: »Ich hatte ja keine Ahnung, dass es auf der Welt etwas gibt, das besser schmeckt als Kaffee!« Das hatte sie gesagt, als Nim zum ersten Mal eine Kokosnuss für sie geknackt hatte.

Nim sah hinunter zu ihrem Vater, der still wie ein Stein auf Selkies Felsen hockte. Mit hängendem Kopf saß er da, ganz in sich zusammengesunken. Noch nie zuvor war er Nim so einsam vorgekommen.

Und da wusste sie, dass sie einen schrecklichen, einen ganz furchtbaren Fehler gemacht hatte. Dieser Fehler war schlimmer als alles, was sie jemals getan hatte.

Den ersten Fehler hatte sie gemacht, als sie die E-Mail von Alex beantwortet hatte. Damals hatte sie gedacht, der berühmte Alex Rover wäre ein Mann und genauso heldenhaft wie der Held in seinen Büchern. Das war ein guter Fehler gewesen, denn als Alex auf der Insel gelandet war, hatten sich Nim und Jack gewünscht, dass sie nie mehr wieder weggehen würde. Manchmal war es nämlich ein gutes Gefühl, zu dritt zu sein statt nur zu zweit.

Aber manchmal wollte Nim Jack lieber für sich allein haben, so wie früher, und manchmal wollte sie Alex für sich allein, denn mit ihr hatte sich Alex zuerst angefreundet und Jack war erst später dazugekommen. Wenn Alex und Jack Nim ins Bett schickten und dann die ganze Nacht miteinander redeten, fühlte sie sich ausgeschlossen und viel einsamer, als sie es in der Zeit zu zweit jemals gewesen war.

Und dann war heute Morgen das kleine, rote Wasserflugzeug gekommen und hatte all die Sachen gebracht, um die Alex ihre Verlegerin in der großen Stadt gebeten hatte. Es war das erste Mal, dass ein Flugzeug auf Nims Insel landete. Nim sah, dass Jack sich Sorgen machte. Er hatte Angst, der Pilot würde vielleicht immer wieder herkommen wollen, wenn er merkte, wie schön es hier auf der Insel war.

Immer wenn sich Jack Sorgen machte, machte sich Nim auch Sorgen. Und wenn sich Nim Sorgen machte, dann taten das auch Selkie und Fred. (Selkie war eine Seelöwin und manchmal vergaß sie, dass Nim ein Mädchen war und kein Seelöwenjunges, das sie versorgen und liebevoll anschnauben musste.) Die beiden blieben immer dicht bei Nim, als die zwischen dem Flugzeug und der Hütte hin- und herlief.

N
O
S
W
Schlüsselloch-
bucht
Heiße
Steine
Seelöwen-
felsen
Selkies
Felsen
Aussichts-
palme
Korallen-
riff
Muschel-
strand
Hütte
Grasland
Schild-
kröten-
strand
Meeres-
strömung
ohne Maßstab

Vulkanberg
Schutzhöhle
Wind
Regenwald
Teich
Garten
Fregattvogelklippen

»Ich hab noch nie Tiere gesehen, die so was machen!«, rief der Pilot.

Nim wusste nicht, was sie darauf sagen sollte. Teils, weil sie nicht genau wusste, *was* genau er noch nie gesehen hatte, teilweise, weil sie überhaupt noch nie mit jemand anderem als Jack und Alex geredet hatte.

Sie schnappte sich eine Kiste und machte sie auf. Es waren Bücher darin: dicke und dünne, kleine und große, Bücher über Geschichte und Bücher über Naturwissenschaften, Kriminalromane und Märchen. Nim hatte keine Ahnung, mit welchem Buch sie anfangen wollte.

»Komm schon«, sagte Alex. »Du hast noch genug Zeit zum Lesen, wenn alles ausgeladen ist.«

Der Pilot zog zwei große Solarzellen aus dem Flugzeug. »Wunderbar!«, rief Jack, denn er brauchte sie für den Anbau, den er machen wollte – ein neues Zimmer nur für Alex, damit sie dort in aller Ruhe ihre Bücher schreiben konnte. Jack hievte sich die Solarzellen auf den Kopf und trug sie langsam und vorsichtig zur Hütte hinüber.

»Wer nimmt die hier?«, fragte der Pilot und zeigte auf eine Kiste. Nim machte einen Schritt nach vorne. Aber gerade als sie nach der Kiste greifen wollte, reichte sie der Pilot weiter an Alex. Erst schwankte Alex, dann stolperte sie und schließlich – *krach!* – donnerte die Kiste mit einem lauten Klirren in den Sand.

»O nein!«, jammerte Alex. »Was hab ich da getan?«

»Jacks Reagenzgläser!«, schrie Nim. »Du hättest mich das machen lassen sollen!«

»Ich wollte doch bloß helfen.«

»Ich hab aber keinen gebraucht, der mir hilft! Du warst nur im Weg!«

»Ich bin immer im Weg«, schnaubte Alex. »Vielleicht wärt ihr ohne mich besser dran.«

»Stimmt, vielleicht wären wir das!«, schrie Nim und stürmte davon, ohne auf eine Antwort zu warten.

Sie hat recht, dachte Alex. Nim und Jack haben all die Jahre allein hier gelebt und sind glücklich gewesen – sie brauchen mich nicht. Nim ist in letzter Zeit dauernd wütend auf mich, und Jack habe ich noch nie so besorgt erlebt. Ich glaube … ich glaube, für sie ändert sich alles zu sehr durch mich. Vielleicht sehnen sie sich heimlich nach ihrem alten Leben zurück – und sind nur zu nett, um mir das zu sagen?

Mit so etwas kannte Alex sich aus. Ihr machte es nämlich selbst Angst, jemandem etwas zu sagen. Bevor sie auf die Insel gekommen war, hatte sie so viel Angst davor gehabt, mit jemandem zu reden, egal worüber und egal mit wem, dass sie ihre Wohnung fast nie verlassen hatte. Sie war berühmt, aber nur durch ihre Bücher. Doch seit sie durch die Welt geflogen war, um Nim zu finden, hatte sich ihr Leben komplett verändert.

»Das hier ist das Letzte.« Der Pilot reichte ihr einen großen Umschlag. »Ich muss jetzt wieder los.«

Alex machte ihn auf und zog einen Brief heraus. »Moment mal. Kann ich … kann ich mit Ihnen kommen?«

»Klar«, sagte er. »Aber müssen Sie nicht erst noch packen?«

Alex wusste, dass sie es niemals schaffen würde, von hier wegzugehen, wenn sie Jack oder Nim vorher noch mal sah, egal wie richtig ihr Entschluss war. »Nein«, sagte sie. »Ich bin fertig.«

Sie stieg in das kleine, rote Wasserflugzeug. Und weg war sie.

Nim kletterte von der Kokospalme herunter und vergrub ihr Gesicht in Selkies warmcm Nacken. Die Seelöwin hatte Nim nämlich lieb, egal was für schlimme Sachen sie machte – und Nim hatte so ein Gefühl im Bauch, dass das hier das Schlimmste war, was sie jemals getan hatte.

Jack hatte Nim auch lieb, aber sie wusste nicht, ob das immer noch so sein würde, wenn er begriff, dass sie es war, die Alex von hier vertrieben hatte.

»Triff mich in der Schutzhöhle«, sagte sie zu Selkie, denn auf einmal waren ihr die Sonne und der Ozean einfach zu hell. Nur die dunkelste Höhle passte zu dem Gefühl tief in ihrem Innern.

Selkie schnaubte missbilligend und trollte sich Richtung Meer. Nim und Fred liefen landeinwärts, zum Fuß des Vulkanbergs, vorbei an den heißen Steinen und quer über die schwarzen Felsen. Das Hochkraxeln tat Nim gut, denn es war so anstrengend, dass sie an nichts denken konnte. Aber als sie bei der Höhle ankam, fiel ihr alles wieder ein: Wie Alex ihr Geschichten erzählt hatte, als sie auf dem harten Höhlenboden nicht einschlafen konnten, wie Alex an ihrem allerersten Morgen den Sonnenaufgang angestaunt hatte, wie Alex über Nims aufgeschlagenes Knie geweint hatte.

Nim krabbelte in den hintersten Winkel der Höhle. Sie wollte so allein sein, wie es nur ging. Sie bekam Schluckauf und hustete und weinte. Beim Naseputzen fiel ihr das durchweichte Taschentuch herunter. Als sie im Dunkeln danach herumtastete, fand sie die Landkarte.

Alex hatte diese Karte gezeichnet, als sie Nim eine ihrer Geschichten erzählt hatte: Es war die Karte einer Insel, auf der eine Stadt lag, und auf dem Festland dahinter gab es eine noch viel größere Stadt. Das alles war so komplett anders als Nims Insel, wie irgendetwas nur anders sein konnte.

Dort wurden die Bücher von Alex gemacht, in einem hohen, blinkenden Gebäude, dessen höchste Stockwerke in die Wolken ragten. Dort war das Büro der Verlegerin von Alex, und genau diese Frau hatte das Versorgungsflugzeug hergeschickt, mit dem Alex gerade verschwunden war.

Nim stopfte die Karte in die allertiefste Tasche ihrer Hose und fing wieder an zu weinen. Sie weinte so sehr, dass Selkie sich den ganzen Weg vom Meer bis hoch zur Höhle schleppte, um sie zu trösten. Als Nim einfach nicht aufhörte zu weinen, egal wie sehr Selkie schnaubte und grunzte, ging sie nach draußen. Vielleicht würde es Nim zum Lachen bringen, wenn sie ein paar Kunststücke machte. Also balancierte Selkie einen Stein auf der Nase, schleuderte ihn hoch in die Luft und ließ ihn die Klippe hinunterkullern. Sie richtete sich hoch auf und wedelte so wild mit den Flossen, als wollte sie fliegen. Sie machte einen Handstand auf ihren Vorderflossen. Dann wiederholte sie alle ihre Tricks noch mal und noch mal und bellte zwischendrin laut in Nims Richtung, damit sie endlich aufhörte zu weinen.

Zum Schluss führte Selkie ihr allerbestes Kunststück vor: einen Handstand dicht am Rand der Felsen, dann einen Salto und einen perfekten Sprung bis nach unten ins Wasser.

Es war sehr, sehr weit bis nach unten ins Wasser und es war wirklich ein großartiges Kunststück – aber Nim kam nicht aus der Höhle, um es anzuschauen.

Darum sah Nim auch das riesige Kreuzfahrtschiff nicht, das um die Landzunge gekommen war und nun dicht bei den Klippen vor Anker lag.

Sie sah weder das Motorschlauchboot noch die Leute, die drum herum schnorchelten, und auch nicht das zweite Schlauchboot, das sich mit einem leisen Tuckern von der anderen Seite des Schiffes löste. Sie sah den Mann nicht, der Selkie durch ein Fernglas bei ihren Kunststücken beobachtete, seine Pistole anlegte und einen Betäubungspfeil auf Selkie abfeuerte.

Sie sah nicht, wie er die Besatzung anwies, Selkie ins Boot zu hieven, und wie er mit ihr zum Schiff zurückdüste.

Aber Fred sah alles.

Er hatte Selkie genau zugeschaut, weil er hoffte, sie würde sein Lieblingskunststück machen: den Schleuder-eine-Kokosnuss-von-ganz-hoch-oben-aus-den-Klippen-*krachbumm!*-auf-die-Felsen-Trick. Als sie ihren Handstand mit Salto gemacht hatte, war er zum Rand der Klippe gerast, um nachzugucken, ob sie auf dem Weg nach unten vielleicht eine Kokosnuss zertrümmert hatte.

Aber was er sah, ließ sogar Fred jeden Gedanken an Kokosnüsse vergessen.

Erst kletterte er ein Stück nach unten, dann kletterte er wieder hoch. Schließlich eilte er in die Höhle und rammte seinen Kopf gegen Nims Bein. Als sie immer noch nicht reagierte, turnte er auf ihre Schulter und nieste ihr einen Sprühregen kaltes, salziges Seewasser ins Gesicht.

»Igitt, Fred!«, sagte Nim, aber als Fred zum Rand der Klippe watschelte, kam sie hinterher.

Das Boot war auf dem Weg zurück zum Schiff. Durch ihr Fernglas entdeckte Nim Selkie darin.

»Die haben sie umgebracht!«, brüllte Nim.

Aber da hob Selkie den Kopf und Nim sah, wie Männer sie mit Seilen und Netzen festbanden.

Nim musste ihre Freundin retten. Und zwar schnell.

Fred kletterte auf ihre Schulter und hielt sich gut fest. Nim stellte sich an den Rand der Klippe. Das Wasser war ganz weit unten.

Was ist, wenn ich auf den Felsen aufschlage?, überlegte Nim.

Sie sprang so hoch und so weit, wie sie nur konnte, und streckte ihren Körper in einem perfekten Bogen.

Sie schlug hart auf dem Wasser auf. Nim schienen die Lungen zu platzen und die Ohren taten ihr weh. Dann sah sie Licht über ihrem Kopf und strampelte und prustete, bis sie oben an der Luft war.

Das Schlauchboot war jetzt schon weit draußen auf dem Meer und die Brandung war stark auf dieser Seite der Insel, aber Nim hatte keine Wahl. Sie holte noch mal tief Luft und schwamm los.

2

Jack saß lange auf Selkies Felsen und starrte in den leeren Himmel. Es kam ihm vor, als wäre sein halbes Leben mit Alex fortgeflogen, und er bliebe allein hier zurück.

Er las noch mal den Brief, den er am Strand gefunden hatte. Diesen Brief hatte sie zurückgelassen, statt selbst eine Nachricht zu schreiben.

Liebe Alex,
schön, dass die Dinge, die ich mit dem Versorgungsschiff habe schicken lassen, ihren Zweck erfüllen. Hoffentlich wird das auch für alles gelten, was jetzt geliefert wird. Die neue Hütte sollte inzwischen fast fertig sein und ihr werdet bestimmt auch alle wieder was zum Anziehen haben. Ich musste ziemlich lachen über deine erste E-Mail, in der du von deinem Rock aus Bananenblättern erzählt hast.
Deine Wohnung und deine Möbel sind verkauft, so wie du es wolltest. Falls du es dir aber doch noch mal anders überlegen solltest und wieder wegwillst von der

Insel, schicke ich dir hier einen neuen Pass und eine Kreditkarte, als Ersatz für die, die du verloren hast. Beiliegend findest du auch den Grund dafür, warum ich die ganze Zeit so beschäftigt war: das erste Exemplar von deinem neuen Buch. Ich bin sehr stolz darauf, seine Verlegerin zu sein. Ich finde es großartig, und wir unternehmen alles, damit es ein noch größerer Erfolg wird als alle deine bisherigen Bestseller.
Lass es mich wissen, wenn ich sonst noch etwas für dich tun kann.
Mit schönen Grüßen,
Delia Defoe

»Aber warum würde sie bloß …?«, überlegte Jack. Doch wie oft er den Brief auch las, er fand darin nicht den geringsten Hinweis, warum Alex weggegangen war.

»Wollte sie ihre Wohnung vielleicht doch nicht verkaufen?«, fragte er den Ozean. »Wollte sie auf einmal doch lieber berühmt sein? Und warum hat sie mir das nicht gesagt?«

Aber der Ozean antwortete nicht und es war ganz egal, was Jack sich fragte, denn Alex war weg – und bald musste er es Nim sagen, was fast noch schlimmer war.

Jack glaubte zu wissen, wo Nim war. Er hatte ihr Gesicht gesehen, als sie diese große Kiste mit Büchern aufgemacht hatte. Garantiert lag sie irgendwo, den Kopf auf Selkies Rücken gebettet und mit

Fred auf dem Bauch, versunken in eine Geschichte, und ahnte nichts davon, dass auf einmal alles anders geworden war.

Alex saß auf dem Passagiersitz des Wasserflugzeugs. Sie war so furchtbar traurig, dass sie nicht mal mehr Angst haben konnte. Sie schaute zurück auf den blassgoldenen Schildkrötenstrand, die schwarzen Seelöwenfelsen, die hohe Palme, auf die Nim immer kletterte, und auf die kleine Hütte, die sie gerade gebaut hatten – und überlegte dabei, ob sie gerade einen schrecklichen Fehler beging.

Dann fiel ihr wieder ein, was Nim gesagt hatte, und ihr wurde klar, dass ihr viel zu viel an ihren Freunden lag, um zu bleiben, wenn Nim sie nicht dahaben wollte.

Fred war Nim von der Schulter gehüpft, als sie auf dem Wasser aufgekommen waren. Aber er blieb nur so lange unten, wie es nötig war, um einen großen Happs Seetang zu verschlingen, dann tauchte er auch schon wieder neben ihr auf.

Selkie gehörte zu Freds Leben und Fred wollte sie zurück.

Sie schwammen jetzt beide so schnell sie konnten ins offene Meer hinaus, aber das Boot war schneller. Nims Herz dröhnte laut, jeder Atemzug tat ihr weh und sie schluckte mehr Wasser, als sie ausspucken konnte.

Ich ... *uff* ... bin einfach ... *uff* ... nicht schnell genug!, dachte sie. Sie drehte sich auf den Rücken. Fred schwamm die ganze Zeit über neben ihr, dicht unter der Wasseroberfläche.

Als Nim endlich wieder Luft bekam und sich zurück auf den Bauch drehte, war das Schiff zwar ganz in der Nähe, aber das Motorboot mit Selkie und ihren Entführern war verschwunden.

Das kann doch nicht weg sein!, dachte Nim. Bestimmt ist es auf der anderen Seite vom Schiff.

Genau in diesem Moment entdeckte sie den riesigen, rosarot leuchtenden Schriftzug am Schiffsbug: *DIE TROPENTRIP-TOURISTEN.* Das war genau die Gruppe von Leuten, die Jack und Nim mehr hassten als alles andere auf der Welt.

Nim versuchte schneller zu schwimmen, aber es dauerte nicht lange, bis sie erneut prustete und Wasser spuckte. Sie drehte sich wieder auf den Rücken, fuchtelte mit den Armen, strampelte mit den Beinen ... und stieß mit dem Kopf hart gegen ein Gummiboot.

Fremde Hände packten ihre Arme. Ein Mann und eine Frau, beide im gleichen rosaroten T-Shirt, starrten sie mit entsetzten Gesichtern an.

»Fred!«, brüllte Nim.

Fred kletterte auf ihre Schulter und die beiden wurden in ein Schlauchboot mit Motor gezerrt –

genau die Art von Boot, die auch Selkie entführt hatte.

»Du hast gesagt, du hättest durchgezählt!«, schrie die Frau, auf deren T-Shirt *Ich bin Kylie* stand.

»Hab ich auch!«, antwortete der Mann, der Kelvin hieß. »Es waren fünfzehn Kinder beim Schnorcheln und wir haben auch fünfzehn zurückgebracht. Glaub ich zumindest.«

»Wenn du richtig gezählt hättest«, beharrte Kylie, »würden wir jetzt nicht dieses arme Kind aus dem Wasser fischen, kurz bevor das Schiff ablegt.«

»Vielleicht kommt sie von dieser verlassenen Insel. Wir haben einen kleinen Robinson Crusoe gefunden!«

»Red keinen Blödsinn«, fauchte Kylie.

Nim war zu sehr außer Atem, um zu sagen, dass sie nicht Robinson Crusoe, sondern Nim Rusoe hieß.

»Wo wolltest du hin, Mädchen?«

»Zu dem Boot«, flüsterte Nim.

Das andere Boot hatte sie immer noch nicht entdeckt. Sie sah nur das Kreuzfahrtschiff: Weiß und unendlich lang erstreckte es sich vor ihr, und über ihr ragten die Decks turmhoch in den Himmel.

Selkies Boot musste von hier gekommen sein und konnte auch nirgendwo anders hin verschwunden sein als hierher. Wenn Nim Selkie retten wollte, musste sie auf dieses Schiff.

Fred nieste.

»Huch, was ist das denn?«, wollte Kelvin wissen. »Egal – schmeiß es ins Wasser zurück!«

Fred klammerte sich an Nim fest und und setzte seinen schrecklichsten Drachenblick auf.

»Das ist mein Freund!«, rief Nim.

»Wenn du meinst«, sagte Kelvin und grinste. Wie es aussah, hatte er sowieso keine große Lust, Fred anzufassen.

»Sie fantasiert.«

»Wir lassen sie's besser behalten.«

»Wo ist dein Schnorchel, Süße?«

»Weiß ich nicht«, sagte Nim.

»Das macht doch nichts«, sagte Kylie und setzte ein falsches Lächeln auf. »Wir erzählen keinem, dass du einen wertvollen Ausrüstungsgegenstand verloren hast, wenn du keinem erzählst, dass das Schiff beinahe ohne dich losgefahren wäre.«

»Super Idee!«, sagte Kelvin. »Hör mal, Kleine, wir wollen nicht, dass du Ärger kriegst. Deine Eltern sind bestimmt sauer, wenn sie hören, dass du die Anweisungen missachtet hast und nicht bei den andern Kindern geblieben bist.«

»Dann sitzt du bis New York in der Kabine fest!«

»Sechs ganze Tage lang nur in der Kabine – das würde dir garantiert nicht gefallen, oder?«

Nim fühlte sich, als würde ihr Kopf gleich zerspringen. »Wo ist *Selkie*?«, schrie sie.

»Wer ist denn Selkie?«

»Wir haben doch nicht noch ein Kind vergessen, oder?«

»Sie ist eine …« Aber Nim stoppte sich gerade noch rechtzeitig, bevor sie »Seelöwin« sagte. Ihr fiel wieder ein, was sie in einem der Bücher von Alex gelesen hatte. Der Held hatte die Bösen, die ihn entführen wollten, ausgetrickst, indem er so getan hatte, als wäre er verrückt.

»… Meerjungfrau«, sagte Nim.

»Das Kind war zu lange in der Sonne!«

»Zu lange im Wasser!«

»Pack sie in die Jacke da.«

Kelvin warf eine rosarote Tropentrip-Jacke über Nim und Fred. Er schien Fred immer noch nicht anfassen zu wollen.

Kylie bedachte ihn mit einem giftigen Blick, so wie es Selkie immer mit Fred machte, wenn der Nim das Essen wegfutterte. »Mach dir keine Sorgen, Kleine. Wir kriegen das schon hin, deine Eltern werden nichts merken. Geht alles in Ordnung.«

Das Boot polterte gegen das Schiff. Vom Wasser aus führte so etwas wie ein Steg mit einem Geländer aus Kordeln hoch ins Schiff. Kelvin schnappte sich eins von den Seilen, die daran hingen, und Kylie bugsierte Nim den Steg hoch aufs Schiff.

3

Nim stand in einer großen, weiten Halle mit kleinen Palmen und leuchtend bunten Blumen. Über ihr ragten Zwischendecks auf, ein langer Korridor mit Türen führte nach links weg und rechts gab es einen Brunnen aus weißem Marmor. Egal wohin sie auch schaute, überall waren Menschen: Sie saßen am Brunnenrand, schauten über die Reling nach draußen, lümmelten sich in Liegestühlen, hockten essend und trinkend an kleinen Tischen oder beredeten etwas mit den Leuten von der Besatzung. Sie quasselten und lachten oder zogen finstere Gesichter und sahen mit leerem Blick umher.

Nim erstarrte.

»Alles okay?«, fragte Kylie scharf.

Nim nickte, aber sie konnte kaum atmen. Sie machte einen Schritt auf den Brunnen zu, wo Wasser aus dem Maul von einem Stein-Delfin blubberte und spritzte. In dem winzigen Becken drumherum schwammen zwei lebende Delfine immer im Kreis.

Nim schnappte nach Luft. Sie kannte nur Delfine, die frei im weiten Ozean herumschwammen, kreuz und quer und so weit sie wollten – diese Tiere dagegen hatten nicht mal genug Platz, um ihre Delfinsprünge zu machen.

»Da lang«, sagte Kylie und schob Nim eine Treppe hinunter in einen anderen langen Korridor mit glänzend grünem Fußboden und endlos vielen Türen. Es gab kein einziges Fenster, und obwohl die Deckenlampen hell leuchteten, fühlte sich Nim so eingeschlossen wie in einer Höhle. Fred schmiegte sich eng an ihren Hals und spähte unter ihrem Kinn vor.

Kylie zog einen Schlüssel heraus, schloss die Tür mit der Nummer 12 auf und schubste Nim in eine Kabine. Drinnen gab es zwei Stockbetten und zwei Schubladenschränke und eine Tür, die in ein winziges, blitzblankes Zimmer führte. Kylie griff hinein und reichte Nim ein Handtuch.

»Du musst dich abtrocknen und frische Sachen anziehen. So kannst du nicht zurück zum Kinderklub«, sagte sie. »Solltest du mit deiner Mama und deinem Papa Mittag essen?«

»Nein«, sagte Nim.

»Tja, dann könnte ich dir was richtig Leckeres besorgen. Wie wär's mit einem Hamburger und einem Milchshake dazu? Wenn du einen Happen gegessen hast, geht's dir garantiert besser.«

»Ich weiß nicht«, sagte Nim.

Kylies Lächeln wurde immer breiter und immer falscher. »Doch, dann geht's dir super, auf jeden Fall!« Auf dem Weg nach draußen rief sie: »Geh duschen, wenn du willst, dann wird's dir wieder warm.«

Nim wartete einen Augenblick, dann versuchte sie die Tür aufzumachen. Aber die bewegte sich nicht. Nim hatte ihr ganzes Leben auf der Insel verbracht. Sie hatte zwar davon gelesen, dass es Türschlösser gibt, aber noch nie eins gesehen. Sie hatte keine Ahnung, wie es war, in einem kleinen Raum eingesperrt zu sein. Sie zerrte am Griff und trat so fest gegen die Tür, wie sie nur konnte.

»Autsch!«, schrie sie und rieb sich den großen Zeh.

»Was machen wir jetzt?«, fragte sie Fred.

Jetzt, wo Kylie weg war, wurde Fred wieder mutiger. Er kletterte von Nims Schulter und ging auf Entdeckungstour. In dem winzigen Raum hinter der Tür fand er einen noch winzigeren Raum mit Glaswänden, einem harten Boden und einem Loch in der Mitte. Alex hatte Nim von Toiletten mit Wasserspülung erzählt und von Duschen, die wie Sturzbäche waren, nur konnte man das Wasser so heiß oder so kalt einstellen, wie man wollte. Wenn Nim sich waschen wollte, schwamm sie im Meer oder legte sich in den Teich beim Regenwald. Aber jetzt drehte sie den Wasserhahn auf – und das Wasser sprudelte heraus, genau wie Alex es ihr erzählt hatte: warm wie die Sonne.

»Ich probier's aus, wenn du mitmachst!«, erklärte sie Fred.

Nim streckte erst einen Arm unter die rieselnden Tropfen, dann ein Bein und schließlich hüpften sie und Fred wild unter der Dusche herum, bis Pfützen auf dem Boden standen, die Wände nass gespritzt waren und es von der Decke triefte. Fred wurde es so heiß, dass er nicht mehr stillhalten konnte. Er tobte wie ein Verrückter durch die Kabine, die Stockbetten hoch und wieder herunter, bis er nicht mehr konnte. Nim drehte das Wasser ab, trocknete sich die Haare mit einem Handtuch und schüttelte sich die Nässe aus den Kleidern.

Sie trug ein blitzblaues Hemd und eine rote Schlabberhose. Den Stoff dafür hatte das Versorgungsschiff gebracht. Jack hatte in den Saum der Hosenbeine zwei Kordeln eingelassen, damit sie sich hochziehen ließen, wenn Nim Shorts haben wollte, und damit sie beim Schwimmen oder Klettern unten eng an ihren Beinen anlagen und sie nicht behinderten. Die Hose hatte viele Taschen für nützliche Dinge, auch eine, die sich mit einer Kordel zuziehen ließ und in der Nim Sachen verstauen konnte, die besonders wertvoll waren. Jetzt schob Nim die Beine nach oben, denn die Hose war tropfnass.

Auch das Badezimmer triefte und ziemlich viele andere Sachen in der Kabine taten das auch – ganz besonders das Kissen, auf dem Fred es sich bequem gemacht hatte.

Die Tür ging auf und Kylie kam mit einem Tablett voller Essen herein. Als sie die Kabine sah, wurde sie blass. »Du hast also geduscht, das sieht man!«, rief sie und lachte dabei angestrengt. »Garantiert geht's dir jetzt besser!«

»Ein bisschen«, sagte Nim.

»Na ja, das hier hilft bestimmt. Guck mal, was ich dir gebracht habe: einen Milchshake, einen Hamburger, Pommes frites, dazu Wackelpudding und Kuchen und eine Banane als Nachtisch. Und dann noch einen Kakao, falls dir immer noch kalt ist.«

»Danke«, sagte Nim. Sie starrte das Essen an und fragte sich, was sie zuerst probieren sollte. Die Banane war das Einzige, was sie kannte. Sie schob sie in ihre Tasche, als Kylie gerade wegschaute.

Dann nahm sie eine Brötchenhälfte von dem Hamburger und fand ein Salatblatt. Noch was, das ich kenne, dachte Nim, aber da hatte sich Fred den Salat schon geschnappt und verschlungen. Sie würde dieses seltsame Essen wohl doch probieren müssen.

Der Milchshake glitt eisig in ihrem Hals hinunter, aber dann wärmte ihn der Kakao wieder auf. Nim nahm einen Löffel von dem glitschigen, grünen Wackelpudding. Ihr gefiel, wie er zwischen ihren Zähnen durchschlüpfte. Sie aß ein paar von den heißen, salzigen Fritten und ein Stück Gurke, das auf dem Hamburger lag. Fred machte es ihr nach. Ihm schmeckte der Wackelpudding am besten, Nim der Kakao. Und die salzigen Fritten. Es war schwer zu entscheiden.

Kylie sah Nim und Fred dabei zu, wie sie Bissen für Bissen von dem Essen kosteten. »Eine interessante Art zu essen«, befand sie.

»Es ist ja auch ein interessantes Essen«, antwortete Nim höflich.

Plötzlich rumpelte es leise irgendwo tief unten im Schiffsrumpf und der Boden unter Nims nackten Füßen begann stetig zu vibrieren. Die Schiffsmotoren waren angelassen worden.

Wenn ich nicht sofort von hier wegkomme, dachte Nim, ist es zu spät!

»Geht's dir gut genug, dass du wieder in den Kinderklub kannst?«

Nim nickte. Sie musste endlich anfangen, nach Selkie zu suchen.

»Willst du das da – deinen Freund, meine ich – mitnehmen?«

Fred raste zum Teller, schlürfte den Rest Wackelpudding herunter und kletterte auf Nims Schulter. Nim nahm sich eine von den rosaroten Jacken. Es war bestimmt gut, eine Tarnung zu haben. Sie warf die Jacke auch über Fred, damit er genauso gut getarnt war. Nur seine wachsamen Augen und sein Leguan-Grinsen guckten noch hervor.

Sie folgten Kylie den Korridor entlang bis zu einem Aquarium mit einem Schild, auf dem *Piranha-Deck* stand. Nim hielt Fred am Schwanz fest, denn er sollte absolut nicht dort hineinfallen.

Kylie blieb stehen und drückte auf einen Knopf in der Wand gegenüber vom Aquarium. Türen glitten zur Seite und sie führte Nim und Fred in einen kleinen, leeren Raum. Es war überhaupt nichts drin außer einer Fußmatte, auf der *Donnerstag* stand, einem Spiegel an der Wand, in dem Nim und Fred ihre eigenen ängstlichen Gesichter sahen, und einer Reihe von Knöpfen neben der Tür, auf denen jeweils ein Tier abgebildet war. Kylie drückte auf den Gürteltier-Knopf und die Türen schlossen sich.

Nim hatte schon von Aufzügen gehört: Alex hatte ihr von ihrem Zuhause erzählt, einem Apartmentgebäude, das halb so hoch war wie der Vulkanberg auf Nims Insel, mit Aufzügen, die sie hinunter- und wieder hochtransportierten, falls sie mal nach draußen wollte. Allerdings wusste Nim nicht, dass der Fahrstuhl ihren Magen tief unten lassen würde, während er den Rest von ihr nach oben riss. Und Fred wusste das auch nicht. Er war so verdutzt, dass er niesen musste und dabei den Rest Wackelpudding in seinem Mund gegen Nims Hals blies.

»Igitt, Fred!«, rief Nim. Das war der erste ganz und gar ehrliche Satz, den sie sagte, seit sie auf das Schiff gekommen war.

»Bestimmt sind deine Freunde froh, dich wiederzusehen«, sagte Kylie, als der Fahrstuhl anhielt.

Selkie und Fred waren die einzigen Freunde, die Nim je gehabt hatte. Dazu kamen noch Chica, die Wasserschildkröte, und Galileo, der Fregattvogel – aber Chica kam nur einmal im Jahr an den Strand, wenn sie ihre Eier legte, und um Galileo als Freund zu haben, musste man ihm erst einen Fisch hinhalten. Darum dachte Nim für einen Moment: Selkie ist hier!

Aber als sich die Fahrstuhltüren öffneten, war da nur ein Schild, auf dem *Gürteltier-Deck* stand, und im Käfig unter dem Schild hatten sich zwei kleine Gürteltiere zu einem festen, gepanzerten Ball zusammengerollt.

Kylie wandte sich um und Nim folgte ihr Richtung Swimmingpool. Selkie war nicht drin und sie war auch nicht in dem kleinen Becken dahinter, in dem ein Wasserstrahl hoch in die Luft stieg, genauso wie zu Hause zwischen den Felsen der Schlüssellochbucht. Sie liefen weiter, an einer Tür vorbei, auf der *Tropentrip-Teens* stand, und einer weiteren mit der Aufschrift *Tropentrip-Knirpse*, bis zu der *Tropentrip-Kinderklub*-Tür.

Drinnen saßen Kinder an Tischen und bauten irgendwas, andere spielten Computerspiele vor riesigen Bildschirmen, manche liefen herum und wieder andere redeten miteinander; ein paar waren größer als Nim und ein paar kleiner. Das Gewimmel und Gelärme erinnerte sie an die Möwen am Strand – und bis auf eine andere Tropentrip-Frau, auf deren rosarotem T-Shirt *Kristie* stand, waren das alles …

Kinder!, dachte Nim. Nicht mal in einer ganzen Stadt hätte ich so viele Kinder auf einmal erwartet!

Kylie schob sie energisch in den Raum hinein und zog Kristie zur Tür nach draußen.

»Die tickt nicht ganz richtig«, hörte Nim sie sagen. »Die hätte nicht mitfahren dürfen beim Schnorcheln – guck dir mal diese Eidechse an, die sie da draußen eingefangen hat! Sie will sich absolut nicht von ihr trennen.«

»Macht nichts. Der Professor kriegt das schon hin.«

Nim hörte nicht weiter zu. In den Büchern,

die sie gelesen hatte, hatten Kinder zusammen Abenteuer erlebt; manchmal waren sie am Anfang der Geschichte schon Freunde gewesen und manchmal hatten sie Streit und wurden erst am Ende Freunde. Aber wie kann man wissen, was man tun soll, fragte sich Nim, wenn man nicht die geringste Ahnung hat, was die anderen machen – und wenn sie einen überhaupt nicht beachten?

Sie lehnte sich gegen die Wand und beobachtete die Kinder, als wären sie ein Schwarm Vögel, der noch nicht mit ihr vertraut war.

Ein Mädchen, das vor einem der riesigen Bild-

schirme saß, ließ ihr Steuergerät los und blickte Nim direkt an. Sie lächelte und Nim versuchte zurückzulächeln. Das Mädchen kam zu ihr herüber.

»Ich bin Erin. Bist du auch vor zwei Tagen zugestiegen, im letzten Hafen? Ich hab gedacht, wir wären die Einzigen.« Sie zeigte auf einen etwas kleineren Jungen mit dunklen Haaren, der auf einer Art Motorrad saß. Der Sitz schaukelte wie wild und ließ den Jungen hoch in die Luft hüpfen, aber das Motorrad fuhr nirgendwohin.

»Das ist Ben.«

Fred streckte den Kopf unter der Jacke hervor und nieste.

»Cool!«, sagte Erin. »Wie heißt er?«

Auf einmal drängten sich viele Kinder um sie, so dicht, dass Nim kaum noch Luft bekam. Sie bestürmten Nim mit Fragen und merkten dabei nicht mal, dass sie nicht antwortete.

»Wo hast du dieses Viech her?«

»Darf ich's mal anfassen?«

»Was *ist* das denn?«

»Wieso hat dir der Professor das nicht weggenommen?«

Fred nieste wieder, ein bisschen doller diesmal, und alle machten einen Satz zurück.

Kristie kam wieder rein und die Kinder drehten sich zu ihr.

»Guck mal, was der Professor ihr geschenkt hat!«

»Natürlich!«, jubelte Kristie. »Du musst das Kind vom Professor sein!«

Nim wusste nicht, was es damit auf sich hatte, wenn man sie für das Kind vom Professor hielt, aber ihr war klar, dass sie sich verstellen musste, um Selkie zu retten – und wahrscheinlich war diese Verwandtschaft die beste Tarnung.

»Na gut, dann erzähl uns doch mal ein bisschen was über deinen kleinen Freund.«

»Er ist ein Leguan«, begann Nim. »Er kann schwimmen und tauchen …«

»Kann er Tricks?«

»Zeig uns seine Tricks!«

Nim dachte fieberhaft nach. Fred konnte sehr viele Dinge. Er konnte eine Kokosnuss so schnell verschlingen, dass er es nicht einmal merken würde, wenn sich darin eine Perle gebildet hätte. Er konnte Kokosnuss-Fußball spielen. Er konnte wie ein Stein bis zum Grund der Schlüssellochbucht sinken. Er konnte auf Nims Schulter reiten und ihr in den Nacken niesen.

»Meine Damen und Herren!«, begann sie, genauso wie Alex, wenn die in ihrer schönsten Erzählstimme sprach. »Darf ich Ihnen vorstellen: *Fred*!«

Fred streckte den Kopf hinter ihrem Hals vor, um zu sehen, warum sie nach ihm rief, erblickte all die Leute, die ihn anstarrten, und starrte dreist zurück.

Das war zwar kein echter Trick, aber Nim sagte: »Fred ist ein Meister im Leute-Anstarren. Er kann so gut starren, dass absolut jeder irgendwann weggucken muss!«

»Ich nicht!«, sagte ein rothaariger Junge. Er kam näher heran und starrte Fred direkt in die Augen. Fred starrte zurück. Der Junge kam noch näher. Fred nieste.

»Ekelhaft!«, schrie der Junge und zog sich zurück in die Menge.

Alle lachten und klatschten.

»Danke, Fred!«, sagte Nim. »Welchen Trick willst du uns als Nächstes vorführen?«

Fred starrte sie an. Sein Mund klappte auf und wieder zu, als würde er etwas essen.

»Ich habe keine Kokosnuss«, sagte Nim.

Fred schob sein Gesicht direkt vor ihre Augen und starrte sie richtig böse an.

Wieder lachten alle.

»Versteht er dich wirklich?«, fragte ein Mädchen mit einem Sonnenblumenhut.

»Nein«, sagte Kristie. »Ich war in einem Vortrag des Professors, und der sagt, dass Tiere Sprache nicht verstehen.«

»Hat er wirklich Hunger?«, wollte Erin von Nim wissen.

»Fred hat immer Hunger«, erklärte Nim.

Erin holte einen Obstteller von einem der Tische und hielt Fred eine Mandarinenspalte hin. Fred schnappte sie sich und wollte sie verschlingen – aber stattdessen spuckte er zermatschte Mandarine quer durch den Raum.

Alle lachten, schrien und hüpften aufgeregt herum. Alle außer Erin und Ben, der endlich von seinem Wackel-Motorrad geklettert war und still zuschaute.

»Tut mir leid, Fred«, sagte Erin und gab ihm ein Stück Kiwi. Aber Fred mochte auch keine Kiwi. Grüner Matsch flog in Klumpen durchs Zimmer und alle mussten noch mehr lachen. Erin sah aus, als müsste sie gleich weinen.

»Erdbeeren schmecken ihm«, sagte Nim.

Erin schnappte sich eine Erdbeere, Fred schluckte sie runter – und spuckte sie nicht wieder aus.

Alle klatschten.

»Fred kann noch viel mehr Tricks«, sagte Nim. »Aber zusammen mit jemand anderem. Er muss jetzt fort, zum Training mit seiner Partnerin.«

Fred machte es sich wieder auf ihrer Schulter bequem und Nim marschierte zur Tür hinaus.

O Selkie, dachte sie. Wo bist du bloß?

4

Jack saß regungslos da. Er konnte immer noch nicht glauben, dass Alex weg war, und ihm fiel einfach nicht ein, wie er Nim das am besten beibringen konnte. »Soll sie noch ein bisschen länger froh sein«, entschied er und blickte weiter auf den leeren Ozean hinaus.

Alex war immer noch in ihrem Sitz erstarrt. Den Umschlag, den der Pilot ihr gegeben hatte, kurz bevor sie zu ihm ins Flugzeug gesprungen war, hielt sie fest umklammert.

Sie wusste, dass darin das erste Exemplar ihres neuen Buches war, aber sie brachte es einfach nicht fertig, es anzuschauen. Außerdem steckten in dem Umschlag eine Kreditkarte, ein Pass und ein dicker Vertrag über den Verkauf ihrer Wohnung und ihrer Möbel. Sie hatte Delia selbst gebeten, das alles für sie zu erledigen, aber sie wunderte sich, dass kein Brief dabei war, der alles erklärte.

Genau in dem Moment, als sie sich erinnerte, dass da wirklich ein Brief gewesen war, der ihr beim Einsteigen ins Flugzeug aber heruntergefallen sein musste, setzte das kleine, rote Wasserflugzeug sanft auf den Wellen auf und legte am Pier von Sunshine Island an. Alex wischte sich die Augen und stieg aus.

Vor drei Monaten war sie auf ihrer Suche nach Nim hier gelandet. Sie war nervös gewesen, hatte Angst vorm Fliegen gehabt, Angst vor Menschenmengen und Angst vor dem Meer – aber es war auch aufregend gewesen, weil sie dabei war, sich in einen anderen Menschen zu verwandeln. Doch wenn Nim sie nicht mehr auf der Insel haben wollte, blieb ihr nichts anderes übrig, als nach Hause zu fahren.

Allerdings hatte sie kein Zuhause mehr, wie sie eben in dem Vertrag gelesen hatte.

»Irgendwo musst du hin!«, sagte sie zu sich selbst.

»Können Sie mich zum Flughafen auf Isla Grande bringen, wenn Sie aufgetankt haben?«, fragte sie den Piloten.

Er schüttelte den Kopf. »Nach so einem langen Flug braucht mein altes Maschinchen mehr als nur Benzin. Es muss richtig gewartet werden, vorher kann ich nicht weiterfliegen.«

»Und wenn Sie damit fertig sind?«

»Dann ist es zu dunkel«, sagte der Pilot. »Ich bin kein Abenteurer wie Sie, Alex Rover! Mein Wasserflugzeug und ich, wir fliegen nachts nicht.«

»Okay«, sagte Alex. »Dann muss ich wohl den Piloten suchen, der mich letztes Mal von der großen Insel hierher gebracht hat.« Sie setzte sich in einen Bus, der sie zu einem kleinen Flughafen brachte.

»Tut mir leid, Miss«, sagte der Mann im Flughafenbüro. »Der Donnerstagsflug nach Isla Grande ist vor einer halben Stunde gestartet. Wir fliegen erst nächsten Dienstag wieder.«

»Vier Tage!«, rief Alex. »So lange kann ich nicht warten!«

»Na ja, heute Nachmittag kommt ein Kreuzfahrtschiff.«

»Das nehme ich«, entschied Alex.

»Es fährt den ganzen weiten Weg bis nach New York, falls Ihnen das recht ist.«

»Das ist mir recht«, sagte Alex.

Während der Mann das Ticket ausstellte, sah sich Alex um. In einem kleinen Buchladen direkt gegenüber entdeckte sie ein Plakat:

BALD ERHÄLTLICH:
DAS NEUESTE BUCH VON ALEX ROVER!
WEITERE INFORMATIONEN ERST
ZUM ERSCHEINUNGSTERMIN AM 7. JULI!
KAUFEN SIE DIESES BUCH DEMNÄCHST HIER!

»Auf welchen Namen soll ich das Ticket ausstellen?«, fragte der Mann.

»Al…« Alex warf noch mal einen Blick auf das Plakat und erschauderte. »Alice. Alice Dozer.« Sie unterschrieb schnell, denn er sollte nicht merken, dass das nicht genau der gleiche Name war wie auf ihrer Kreditkarte.

Dann ging sie zum Kai, um auf ihr Schiff zu warten.

»Ist doch ganz einfach«, erklärte Nim Fred. »Wir müssen bloß das Schiff gründlich durchsuchen, dann finden wir Selkie.«

Der Kinderklub war im Heck des Schiffs untergebracht, also liefen sie am Fahrstuhl vorbei und an einer endlosen Reihe verschlossener Kabinentüren entlang bis zu den Treppen und Aufzügen vorne im Schiffsbug.

»Rauf oder runter?«, fragte Nim Fred.

Fred konnte sich nicht entscheiden, aber an den Fahrstuhlknöpfen mit den Tieren darauf war zu erkennen, dass das Gürteltier-Deck das zehnte Deck über dem Wasser war, nur drei weitere Decks lagen noch darüber. Und das nächste Stockwerk war das Seelöwen-Deck.

Aha!, dachte Nim und rannte die Treppen hoch.

Draußen im hellen Sonnenschein entdeckten sie ein Wasserbecken mit einem flachen Felsen in der

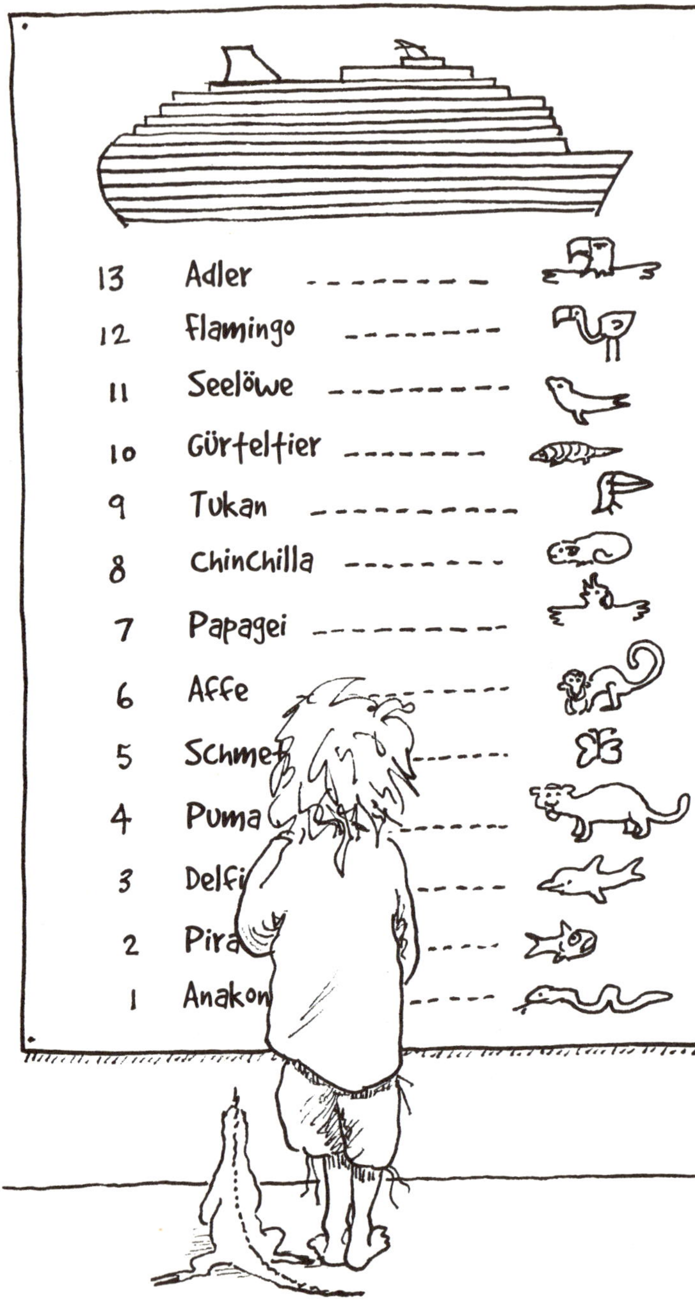

13 Adler
12 Flamingo
11 Seelöwe
10 Gürteltier
9 Tukan
8 Chinchilla
7 Papagei
6 Affe
5 Schmet
4 Puma
3 Delfi
2 Pira
1 Anakon

Mitte. Auf der Wand, die das Becken begrenzte, stand in großen Buchstaben *Seelöwen-Deck.*

Aber es waren keine Seelöwen in dem Becken.

Nim schnappte sich ihre Pfeifmuschel und stieß zwei hohe, schrille Töne aus, die Selkie zu Hause auf der Insel auch vom allerentlegensten Riff zurückriefen.

Aber Selkie kam nicht. Nim suchte sie in dem gigantischen Swimmingpool mit der langen, geschwungenen Wasserrutsche und in dem Becken mit heißem, sprudelnden Wasser, in dem sich die Leute genauso suhlten, wie Nim das zu Hause in ihrem Teich beim Regenwald zu tun pflegte. Die einzigen Seelöwen, die sie fand, waren aus Plastik. Sie standen auf einem riesigen Schachbrett, wo sie zusammen mit anderen lebensgroßen Plastiktieren die Spielfiguren bildeten.

Und um das Schiff herum war in alle Richtungen nichts zu sehen als der weite, leere Ozean, egal wohin Nim auch blickte. Ihre Insel war weit weg, sehr weit weg.

»Selbst wenn wir sie finden«, sagte sie zu Fred, »wie sollen wir wieder zurück nach Hause kommen?«

Fred starrte sie böse an.

»Du hast recht!«, sagte Nim. »Am wichtigsten ist, dass wir sie finden. Wie wir von hier wegkommen, können wir überlegen, wenn wir alle zusammen sind.«

Das nächsthöhere Stockwerk war das Flamingo-Deck, auf dem zwei langbeinige rosarote Vögel in einem flachen Teich standen, eingesperrt in einen engen Käfig. An weißen Tischen saßen Leute und schlürften ihre Drinks, andere rauschten mit großem Geschrei die Wasserrutsche hinunter zum Seelöwen-Deck. Nim dachte daran, wie gut Selkie diese Rutsche gefallen würde. Fred kitzelte sie am Kinn, um ihr zu sagen, dass er auch gern dort hinunterrutschen würde.

Ganz oben auf dem Schiff war nur ein kleineres Deck. Auf einem Weg, der mitten durch ein Vogelhaus mit Adlern führte, rannten Jogger in kurzen Hosen herum.

»Dann müssen wir jetzt nach unten«, sagte Nim. Sie beschloss, Fahrstuhl zu fahren – auch wenn ihr Magen immer noch Saltos schlug, war es jetzt, wo sie wusste, was passieren würde, nicht mehr so schlimm.

Sie fuhren nach unten, vorbei am Flamingo- und am Seelöwen-Deck und vorbei am Gürteltier-Deck, wo der Kinderklub war. Beim Tukan-Deck stiegen sie aus. Draußen gab es einen Weg um das Schiff herum, dort standen Leute an der Reling und blickten hinaus aufs Meer. Drinnen reihte sich rechts und links von einem langen Gang eine Kabine an die andere.

Hier und auch in den Stockwerken weiter unten stand in jedem Korridor ein Käfig mit den Tieren, nach denen das Deck benannt war. Nach den Tukanen kamen Chinchillas, dann Papageien. Am traurigsten machte Nim der Käfig mit sechs kleinen Klammeräffchen, die so verängstigt aussahen, dass ihr ganz schlecht davon wurde.

Aber an den Wegen, die draußen auf dem Affen-Deck zu beiden Seiten des Schiffs entlangführten, gab es lange Reihen von Rettungsbooten, die hoch oben an starken Metallgestellen befestigt waren. Jedes Boot hatte eine Abdeckung, die wie ein kleines Dach darübergespannt war. Die meisten waren so groß, dass viele Leute in ihnen Platz hätten, aber in der Mitte gab es ein kleines Motorschlauchboot. Es sah aus wie das Boot, das Nim am Morgen aus dem Wasser gefischt hatte, nur mit einer Abdeckplane darüber. Haargenau wie das Boot, das Selkie entführt hatte.

Nim stellte sich unter das Boot und pfiff wieder in ihre Pfeifmuschel, laut und deutlich, und sie versuchte es auch unter dem Schlauchboot auf der anderen Seite des Schiffs.

Doch es kam keine Antwort, nicht das geringste Poltern oder Schnauben.

Nim rannte hinunter auf das Schmetterlings-Deck, wo viele Orte waren, in denen man Sachen kaufen konnte, und andere, wo es Essen und Trinken gab – vor allem aber waren hier furchtbar viele Menschen. Männer und Frauen, Alte und Junge, Dicke und Dünne, Glatzköpfe und dicht

Behaarte, Leute in Badehosen und Bikinis, weißen Uniformen, kurzen Hosen und T-Shirts und langen Seidenkleidern. Menschen, Menschen, überall Menschen!, dachte Nim. Es war fast das gleiche Gefühl, wie sich mitten in einer Kolonie sonnenbadender Seelöwen aufzuhalten, nur viel lauter.

Sie machte die Tür zu einer Bibliothek auf, die voller Bücher und Stille war, aber bevor sie Selkie nicht gefunden hatte, konnte sie sich nicht hier verkriechen. Hinter einer anderen Tür lief eine Frau in einem langen, weißen Kleid und mit Blumen in den Haaren vor lauter strahlenden Zuschauern auf einen Mann zu, der so glücklich aussah, dass er beinahe weinen musste.

Eine Hochzeit!, dachte Nim. Ich sehe eine echte Hochzeit!

Sie war auch kurz vorm Weinen, aber nicht, weil sie so glücklich war.

Nim und Fred schauten in Cafés und Restaurants, Kosmetikstudios und Friseurläden, Kleidergeschäfte und Schlafanzuggeschäfte, Sportläden und Spielzeugläden. Auf dem nächsten Deck beobachteten sie, wie ein Puma mit wütendem Knurren in seinem engen Käfig hin und her lief, der in einem mit rotem Samt ausgekleideten Raum voller greller Lichter stand. Sie durchsuchten Videoläden, Pianobars und Theater. Sie gingen bis hinunter auf das Deck, in dem sie an Bord gekommen waren, aber nirgends gab es auch nur den geringsten Hinweis auf Selkie.

Fred rieb seinen stacheligen Rücken an Nims Hals.

»Du hast ja recht«, sagte sie. »Wir finden sie schon. Wir müssen einfach weitersuchen.«

Nim rannte die Treppen hinunter, vorbei am Piranha-Deck, wo Kylie ihre Kabine hatte, bis ganz nach unten zum am tiefsten gelegenen Deck überhaupt.

Dieses Deck war menschenleer. Das Dröhnen des Schiffsmotors klang hier lauter und vibrierte stärker in ihren Füßen, dazu kam ein Geruch, der sie an das Wasserflugzeug erinnerte. Es gab auch kein Tierbild am Ende der Treppe, sondern bloß ein Schild, auf dem stand:

NUR FÜR BESATZUNGSMITGLIEDER!
KEIN ZUTRITT FÜR PASSAGIERE!

Nim streifte sich ihre Tropentrip-Jacke über.

Ein Mann in einem grauen Overall kam aus einer Tür. »Was machst du hier?«, wollte er wissen.

»Ich … ich bring ihn zurück zum Professor«, sagte Nim und zeigte auf Fred.

»Seine Tür ist hinter dir.«

»Danke!«, sagte Nim. Hoffentlich hörte der Mann

nicht, wie laut ihr Herz klopfte – es war fast so laut wie das Stampfen ihrer Schritte auf dem Stahlboden. Sie drehte sich zu der Tür um und las:

STIFTUNG ZUR ERFORSCHUNG
INTELLIGENTER, EINMALIGER UND
INTERESSANTER TIERE.
GEFAHR! ZUTRITT VERBOTEN!

Nim machte die Tür auf und ging rein.

5

Der Raum war vollgestopft mit Käfigen und es roch erbärmlich. In den Käfigen waren Papageien, Singvögel, Eidechsen und Klammeraffen eingesperrt, es gab auch ein Aquarium mit Tropenfischen – und in einem der Käfige, neben einer alten Badewanne voll mit schmutzigem Meerwasser, lag Selkie.

Nim rannte zu ihr, riss die Käfigtür auf und warf sich auf die Seelöwin, umarmte und küsste sie, rieb ihr den Kopf und kraulte ihre Barthaare. Selkie schnaufte und öffnete die Augen.

»Alles okay, Selkie«, flüsterte Nim. »Ich werd dich –« Aber bevor sie den Satz zu Ende sprechen konnte, schnauzte eine tiefe Stimme: »Hey! Was treibst du da?«

Nim blickte auf und sah einen großen, blassen Mann mit stahlblauen Augen. Nim wusste nicht, wer er war, aber Jack hätte ihn erkannt, und Alex auch. Der Professor war auf dem Schiff der Tropentrip-Touristen gewesen, das den Wal von Nims Mutter so sehr erschreckt hatte, dass er bis zum Grund des Ozeans abgetaucht war. Und er war auch auf dem Schiff gewesen, das Alex und ihr winziges Boot mitten auf See ausgesetzt hatte, kurz bevor ein schrecklicher Sturm losgebrochen war – damals, als Jack nicht zu Nim zurückkommen konnte und Alex sich aufgemacht hatte, um sie zu retten.

Nim wusste nur, dass dieser Mann Selkie entführt hatte. Sie war so wütend wie der Vulkanberg kurz vorm Ausbruch. Aber sie wusste auch, dass sie es nie schaffen würde, Selkie zu befreien, wenn sie jetzt in die Luft ging.

»Sind Sie der Professor?«, fragte sie. Er nickte. »Wie bist du hier runtergekommen?«

»Ich würde Ihnen gern mit den Tieren helfen«, sagte Nim.

Der Professor lachte. »Lass mich raten: Deine Mutter arbeitet hier auf dem Schiff, sie hat dich an Bord geschmuggelt und jetzt ist dir langweilig!«

Nim nickte, als hätte er ihr Geheimnis erraten. »Wie heißt deine Mutter?«

»Alex«, sagte Nim und fühlte sich gleich noch schlechter. Ihre Mutter hatte nämlich Joni geheißen.

»Und was wird sie davon halten, dass du hier unten herumschnüffelst?«

»Sie weiß, dass ich mich für Tiere interessiere«, sagte Nim schnell. »Und … und ich dachte, vielleicht würden Sie sich gern diesen Leguan anschauen.«

Fred setzte sein wütendstes Starren auf.

»Das«, sagte der Professor, »ist das hässlichste Lebewesen, das ich jemals zu Gesicht bekommen habe. Aber es gibt ja zum Glück Leute, die Hässliches mögen. Such einen leeren Käfig und sperr das Vieh hinein.«

Fred kauerte sich ganz eng an Nims Hals.

»ER KOMMT NICHT IN EINEN KÄFIG!«, sagte Nim. »Tiere gehören nicht in Käfige.«

Die Stimme des Professors wurde eisig.

»Die Stiftung zur Erforschung intelligenter, einmaliger und interessanter Tiere hilft Tieren in aller Welt. Die intelligentesten, einmaligsten und interessantesten gehen an Millionärsfamilien – äh, ich meine, sie werden in einer für sie angemessenen Umgebung neu angesiedelt, sobald diese Kreuzfahrt vorüber ist.«

»Aber … dieser Leguan könnte noch viel intelligenter, einmaliger und interessanter werden, wenn er bei mir bleibt!«

Der Professor zuckte mit den Schultern. »Das ist deine Entscheidung – solange dir klar ist, dass alle Tiere auf diesem Schiff Eigentum der Stiftung sind. Aber wenn du ihn zähmen willst, kann ich dir das wohl erlauben.«

»Wir haben im Kinderklub schon ein paar Kunststückchen vorgeführt.«

Er lachte ein dünnes Lachen. »Du hältst dich wohl selbst für einen Mini-Professor, was? Bildest dir ein, du könntest meinen Job übernehmen und den Passagieren Vorträge über Tiere halten?«

»Nein, nein, natürlich nicht. Das war ja nur was Kleines für die Kinder. Aber ich könnte Ihnen helfen … ich hab schon mit Seelöwen gearbeitet. Ich wette, dem da drüben könnte ich alle möglichen Tricks beibringen!«

»Dieser Seelöwe«, sagte der Professor, »ist ein niederträchtiges, bösartiges Tier. Er wollte mich beißen, als ich ihn gerettet habe. Aber ein paar

Tage ohne Futter werden ihn schon fügsam machen.«

Nim fühlte sich, als hätte ihr jemand eine Kokosnuss in die Magengrube gerammt. Sie holte tief Luft. »Schnell, denk nach«, sagte sie zu sich selbst. »Jetzt zählt nur, was Selkie hilft.«

»Seelöwe«, sprach sie laut in Richtung Käfig. »Du heißt ... Selkie! Selkie, komm heraus!«

»Lass das, um Himmels willen«, schnaubte der Professor und machte einen Satz weg von Selkie.

»Selkie ...«, begann Nim.

Der Professor schnappte sich eine lange Peitsche aus einer Ecke.

Nim blickte sich panisch um. Es gab hier keine Möglichkeit, sich zu verstecken. »Lassen Sie sie in Ruhe!«, brüllte sie und stellte sich direkt vor Selkie.

»Wir kommen hier schon irgendwie raus«, flüsterte sie Selkie zu. »Tu einfach, was ich dir sage, auch wenn du es unsinnig findest.«

»Geh weg von dem Tier«, zischte der Professor.

Nim achtete nicht auf ihn. »Selkie: Handstand!«

Selkie hob sich auf die Vorderflossen und machte den schönsten Handstand, den sie konnte.

Und jetzt?, überlegte Nim verzweifelt.

Fred huschte hinüber zu Selkie und rollte sich zu einem Ball zusammen.

»Oh, Fred!«, sagte Nim.

Fred rollte sich noch mehr zusammen.

»Selkie«, sagte Nim. »Fußball!«

Selkie legte den Kopf schief, so wie sie es immer tat, wenn irgendetwas knifflig war. Nim schimpfte sonst jedes Mal mit ihr, wenn sie beim Fußballspielen Fred statt einer Kokosnuss herumschubste, und Fred war hinterher immer sauer.

»Fußball!«, wiederholte Nim.

Selkie nahm Fred auf die Nasenspitze und warf ihn vorsichtig hinüber zu Nim. Er kletterte an ihr hoch und schmiegte sich wieder eng an ihren Hals.

»Danke!«, sagte Nim. »Und jetzt gib mir einen Kuss.«

Selkie robbte hinüber und gab Nim ein barthaarkitzelndes Küsschen auf die Wange.

Erstaunt riss der Professor die Augen auf. Mit einem Lächeln legte er die Peitsche weg. »In Ordnung, Mädel, du darfst mir helfen.«

6

Jack hockte auf Selkies Felsen, bis seine Gestalt einen langen Schatten auf den Strand warf – aber das kleine, rote Wasserflugzeug kam nicht zurück und auch Nim ließ sich nicht blicken.

»Nim!«, rief Jack, als er zurück zu der neuen Hütte lief, die sie zu dritt gebaut hatten. Das frühere Zuhause von Nim und Jack war von dem schrecklichen Sturm weggepustet worden. »Nim! Essenszeit!«

Aber statt einer Antwort hörte er nur Seelöwengebell. Jack konnte nicht erkennen, ob es von Selkie kam oder nicht.

»Nim!«, rief er wieder. »Nim!«

Sie war nicht in der Hütte. Sie war auch nicht am Schildkrötenstrand oder in der Schlüssellochbucht.

Sie weiß, dass Alex weg ist!, überlegte Jack. Sie will mich nicht sehen, weil ich Alex irgendwie vertrieben habe. Arme Nim!

Er kletterte bis hoch zur Schutzhöhle, denn wenn

sie ihn wirklich nicht mehr sehen wollte, versteckte sie sich bestimmt dort vor ihm.

Auf dem Höhlenboden waren frische Fußspuren, aber keine Nim. Und da begann sich Jack ernstlich Sorgen zu machen.

Alex saß so lange im Warteraum auf Sunshine Island, bis der Ozean vor dem Fenster schwarz geworden war. Da fuhr plötzlich ein riesiges Schiff in den Hafen ein. Mit seinen glitzernden Lichtern wirkte es wie ein Märchenschloss.

Alex waren Märchen egal. Sie wollte nur in ihre Kabine gehen, die Tür hinter sich abschließen und dort bleiben, bis sie am anderen Ende der Welt ankam.

In dem Raum, in dem die Tiere eingesperrt waren, gab es keine Bullaugen zum Rausgucken, aber Nim spürte, dass der Schiffsmotor stoppte und das Schiff sacht gegen den Pier stieß.

Jetzt können wir abhauen!, dachte Nim und rieb Selkie den Nacken, als Zeichen, dass sie sich bereit machen sollte. Fred hockte sowieso schon eng an sie geschmiegt auf ihrer Schulter, er war müde von dem langen Tag.

»Okay, Kleine«, sagte der Professor. »Jetzt muss der Seelöwe zurück in seinen Käfig.«

»Aber …«

Der Professor reckte die Peitsche in ihre Richtung. »Damit das klar ist: Du verdankst es allein meiner Herzensgüte, dass du mir mit den Tieren helfen darfst. Aber wenn du nicht haargenau das tust, was ich will, und zwar in dem Augenblick, in dem ich es sage, sehe ich mich gezwungen, den Kapitän darüber in Kenntnis zu setzen, dass deine Mutter einen blinden Passagier an Bord gebracht hat. Er wird das der Polizei melden müssen, und du und Alex, ihr kommt dann ins Gefängnis.«

Nim nickte.

Sie umarmte Selkie so fest sie konnte – es fühlte sich an wie das Zweitschrecklichste, was sie jemals getan hatte.

Langsam bewegte sich Selkie zurück in ihren Käfig.

»Und jetzt verschwinde. Ich habe keine Lust, dass deine Mutter auf der Suche nach dir hier unten herumschnüffelt.«

»Das würde sie nie tun!«, stieß Nim hervor, obwohl ihr gar nicht klar war, ob sie nun ihre Mutter verteidigte oder Alex.

Der Professor lachte, schob sie durch die Tür nach draußen und schloss hinter ihr ab.

Nim blieb nichts anderes übrig, als wieder den Gang entlangzugehen und die Treppen hochzusteigen, so als wüsste sie, wohin sie wollte.

»Fred«, flüsterte sie, als sie allein waren. »Was sollen wir bloß tun?«

Aber Fred guckte nur hungrig, was überhaupt keine Hilfe war.

Nim stieg in den Fahrstuhl, drückte den Gürteltier-Knopf und ging zurück zum Kinderklub, aber da war niemand mehr. Nim und Fred kuschelten sich in einen Sessel und futterten gemeinsam die Banane, die Nim noch in der Tasche hatte. Aber sie hatte gesehen, dass nebenan bei den Tropentrip-Knirpsen zwei Frauen putzten, und wenn die hierherkamen, würden sie sie wegschicken und ihr sagen, sie sollte in ihre Kabine gehen, so viel war klar. Auch mit Fred auf der Schulter fühlte sich Nim sehr allein, sehr klein und dazu sehr, sehr ängstlich. Sie musste einen sicheren Ort zum Schlafen finden.

Eine leere Limonadenflasche rollte unter einem Stuhl hervor.

Nim erinnerte sich daran, wie sie und Jack immer die Flaschen prüften, die am Strand angespült wurden. »Es könnte ja eine Nachricht darin sein«, pflegte Jack zu sagen. Bis jetzt war das noch nie der Fall gewesen – aber es hatte immer Spaß gemacht, sich vorzustellen, es könnte eines Tages eine kommen.

Auf einem Tisch lagen Stifte und ein Stapel Papier. Nim spähte durch den Türspalt nach draußen: Die beiden Frauen wischten immer noch den Boden drüben bei den Tropentrip-Knirpsen. Sie hatte etwa eine Minute Zeit, bevor man sie aufspüren würde.

Lieber Jack,
die Tropentrip-Touristen haben Selkie entführt. Fred und ich, wir sind auch auf dem Schiff. Wir werden Selkie retten, sobald wir können, aber heute Nacht ist sie eingesperrt. Es tut mir fürchterlich leid, dass ich Alex vertrieben habe.
In Liebe (so groß wie die von Selkie für Fisch)
Nim

Langsam stapfte Nim die Treppen hinunter aufs nächste Deck und auf den Laufgang, der das ganze Schiff umgab, dann noch ein Stockwerk tiefer und danach noch eins, weil sie nicht wusste, wohin sie gehen konnte oder was sie tun sollte. Sie sah die Lichter am Kai und in den Häusern dahinter – als stünden in jedem Fenster eine Kerze oder eine Lampe. Es sah aus wie in einem Märchen.

Auch andere Leute betrachteten diesen Anblick, lehnten an der Reling und plauderten miteinander. Manche von ihnen lachten Nim an und sagten Hallo zu ihr, aber sie lief einfach weiter bis auf die andere Seite des Schiffs. Hier war überhaupt niemand, weil es nichts zu sehen gab außer dem dunklen, leeren Ozean und auch nichts weiter zu tun – wenn man nicht gerade ein einsames Mädchen namens Nim war, das eine Flaschenpost-Botschaft hinaus in die Dunkelheit warf und hoffte, dass die Wellen sie bis zu Jack tragen würden.

Sie ging weiter die Treppen hinunter bis zum Affen-Deck, wo die Rettungsboote waren. Unter einem der kleinen Motorschlauchboote blieb sie stehen.

»Halt dich fest, Fred«, sagte Nim.

Sie ließ sich hin und her schaukeln wie ein gelenkiges Affenkind, hievte sich an dem Metallgestell hoch und kletterte aufs Boot, löste die Abdeckung und schlüpfte hinein. Dann zog sie als Matratze und Kissen vier Schwimmwesten heraus und rollte sich darauf zusammen.

Fred schlief gleich ein, aber Nim sah andauernd Selkie vor sich, ganz allein im Käfig eingesperrt, und Alex, wie sie mit dem Flugzeug die Insel verließ, und Jack, der bester Dinge vom Ausladen seiner Solarzellen zurückgekommen war und dann festgestellt hatte, dass Alex weg war. Sie hatte keine Ahnung, wie sie Selkie retten konnten, wo sie dabei am Ende landen würden und wie sie überhaupt auf diesem Schiff klarkommen sollten.

Zum ersten Mal, seit sie kein Baby mehr war, weinte sich Nim in den Schlaf.

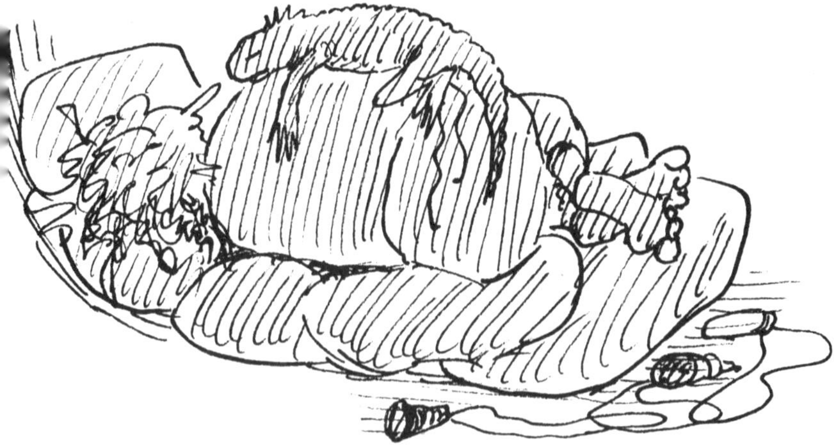

Nim war so furchtbar müde und die Abdeckung des Rettungsbootes ließ so wenig Licht durch, dass sie erst aufwachte, als die Sonne schon hoch am Himmel stand und das Schiff wieder auf hoher See war.

Sie öffnete die Augen und warf einen kurzen Blick über den Rand des Rettungsbootes – und duckte sich ganz schnell wieder, denn direkt unter ihr trat gerade ein Junge aus seiner Kabine.

Nim setzte sich zurecht, um zu warten. Fred zog ein hungriges Gesicht, deshalb kramte sie in ihren Taschen herum und schaute, was sie dort fand: einen Stift und ein total durchweichtes Notizbuch, einen grünen Stein, fünf Markierungsringe für Vögel, die auf der Insel vorbeikamen, einen kleinen

Bambusbecher, ein bisschen Seetang … und die Landkarte, die Alex gemalt hatte.

Sie gab Fred den Seetang und breitete ganz, ganz vorsichtig die Karte von Alex auf dem Sitz aus. An den Kanten, wo sie zusammengefaltet gewesen war, war sie eingerissen und die Zeichnung war viel blasser geworden.

»Dann sitzt du bis New York in der Kabine fest!«, hatte Kylie gesagt, als Kelvin und sie Nim aus dem Wasser gezogen hatten. New York, das war der Ort, an dem die Verlegerin von Alex wohnte – und sie war die einzige Person auf der Welt, die wusste, wo Alex jetzt war.

»Oh, Fred, wir werden Selkie retten und Alex finden – dann sind wir alle wieder zusammen!«, flüsterte sie. »Wir müssen es nur schaffen, bis zum Ende der Reise hier auf dem Schiff zu bleiben – und zwar ohne dass wir auffallen.«

Da rumpelte und rüttelte es und ein Junge schlüpfte in Nims Boot.

7

Nim und der Junge starrten einander an.

Fred und der Junge starrten einander an.

»Ben!«, rief ein Mädchen. »Was machst du da?«

Ben antwortete nicht.

»Ich komme auch hoch!«

Wieder schaukelte Nims Boot und Erin schlüpfte hinein.

»Sei leise!«, zischte Ben. »Sie ist ein blinder Passagier.«

»Ich hab gedacht, du wärst das Kind vom Professor!«

»Ich wollte mich überhaupt nicht hier einschleichen«, sagte Nim. »Aber der Professor hat Selkie entführt.«

»Entführt!« Erin und Ben tuschelten aufgeregt miteinander und krochen dann geduckt ein Stück näher zu ihr.

Ich hätte das nicht erzählen dürfen!, dachte Nim. Jetzt muss Selkie für den Rest ihres Lebens im Käfig bleiben.

»Wer ist Selkie?«, fragte Erin.

»Und wie willst du sie ganz alleine retten?«, fragte Ben.

Also erzählte ihnen Nim die ganze Geschichte. Erin und Ben fiel es schwer, alles zu glauben, aber sie wussten, dass es stimmte.

»Wir helfen dir!«, verkündete Erin.

»Leicht wird es nicht«, sagte Nim. »Wir brauchen einen Plan.«

»Aber zuerst müssen wir frühstücken«, sagte Ben. Fred hob den Kopf und starrte ihn an. Er mochte Ben.

»Geh du als Erster, Ben«, sagte Erin. »Niemand wundert sich, wenn er dich an seltsamen Orten auftauchen sieht.«

Mit einem kurzen Blick über den Bootsrand schwang sich Ben nach unten, und einen Augenblick später klopfte er als Zeichen, dass die Luft rein war, drei Mal gegen das Metallgestell. Erin folgte ihm. Nach einer Weile ertönte noch ein Klopfen und auch Nim kletterte nach draußen. Erin wartete an der weit geöffneten Tür einer Kabine und Nim konnte gerade noch sehen, wie ein Mann und eine Frau die Treppe hinunter verschwanden, mit zwei kleinen Mädchen und Ben im Schlepptau.

»Schnell, komm rein!«, flüsterte Erin.

Diese Kabine war größer und schöner als die von Kylie. Es gab zwei Betten und zwei Schubladenschränke und Stehlampen, einen Schreibtisch und einen Kleiderschrank.

»Hier schlafen Ben und ich«, erklärte Erin. »Mama und Papa sind mit den Zwillingen in der Kabine nebenan – aber die sind frühstücken gegangen, also ist alles okay.« Sie machte den Schrank auf. »Da sind Anziehsachen für dich.«

»Ich hab doch schon welche!«, sagte Nim.

»Deine Shorts sind super«, sagte Erin. »Aber wenn du dich hier auf dem Schiff verstecken willst, ist es besser, wenn du aussiehst wie alle andern.«

Erin hatte recht, das war Nim klar. Eine gute Tarnung war viel wichtiger, als die eigenen Kleider zu tragen.

Im Bad gab Erin Nim ein Täschchen mit einer Zahnbürste, einer winzigen Tube Zahnpasta und einem Kamm. »Das haben wir im Flugzeug gekriegt. Komm zum Kinderklub, nachdem du bei Selkie gewesen bist – wir bringen dir was zum Frühstücken.«

Erin rannte ihrer Familie hinterher und Nim duschte. Diesmal zog sie die Glastür zu, damit Fred nicht rein- und rausrennen konnte, darum war der Boden hinterher nicht so verspritzt wie beim letzten Mal. Sie hängte ihr Handtuch so auf, wie Erin es ihr gezeigt hatte, zog die neuen Kleider an und schlüpfte aus der Kabine. Die Gummisandalen an ihren Füßen machten ein komisches Geräusch – *flipflop, flipflop.*

Der Raum mit den Tieren war noch zugesperrt. Nim hockte sich vor die Tür und rief durch den Spalt darunter nach Selkie, aber sie hörte kein Seelöwenschnauben auf der anderen Seite. Endlich kam der Professor und schloss die Tür auf, wobei er gähnte und vor sich hin brummelte.

Selkie saß aufrecht in ihrem Käfig. Sie sah ärgerlich und gelangweilt aus. Nim stürzte auf sie zu.

»Man darf Tiere niemals umarmen!«, knurrte der Professor.

»Aber so lernen sie viel besser«, sagte Nim.

Der Professor grunzte. »Und was bildest du dir ein, das du ihnen beibringen kannst?«

»Garantiert könnte die Seelöwin Fische auffangen«, sagte Nim.

Selkie bellte begeistert.

Nim warf ihr in einem wirbelnden Bogen zwei Fische zu und Selkie fing sie beide.

»Das reicht«, schaubte der Professor. »Sie muss Hunger haben, wenn sie was Anspruchsvolleres lernen soll.«

»Im Wasser könnte sie bestimmt noch viel bessere Tricks machen«, sagte Nim.

Der Professor zeigte auf die Badewanne.

»Die ist viel zu klein!« Selkie glitt trotzdem hinein, denn wenn sie sich nur lang genug drehte und spritzte, wurde sie immerhin nass.

»Die ist einfach zu fett«, höhnte der Professor.

Selkie guckte wütend und schlüpfte aus der Badewanne – und Fred rannte von Nims Schulter herunter, um nachzusehen, ob in dem Wasserrest noch ein bisschen Seetang war.

Nim warf einen Fisch in die Wanne. Fred mochte keinen Fisch, darum schubste er ihn über den Rand zu Selkie rüber. Selkie machte den Mund auf und der Fisch verschwand.

»Wenn sie ein Wasserbecken hätten, in dem sie üben könnten«, sagte Nim, »würde ich ihnen ganz fantastische Tricks beibringen.«

»Hmf«, sagte der Professor. Nim hatte keine Ahnung, was »Hmf« bedeuten sollte, aber immerhin erlaubte er ihr, Selkie ihre restlichen Frühstücksfische zu geben. Außerdem streute sie den Vögeln Körner aus und brachte den Affen und Eidechsen Obst. Aber die meisten Tiere verkrochen sich ganz hinten in ihren Käfigen und fraßen vor lauter Angst überhaupt nichts.

Fred klammerte sich an Nim Schulter. Er fürchtete sich so sehr davor, selbst eingesperrt zu werden, dass er nicht mal auf die Idee kam, den Eidechsen das Futter aus ihrem Käfig zu stehlen.

Selkie blieb dicht an Nims Seite und schnaubte besorgt. Auch sie fürchtete sich davor, wieder eingesperrt zu werden, aber noch viel größere Sorgen machte sie sich darüber, was der böse Mann Nim antun könnte.

Als der Professor befahl, Selkie müsste jetzt zurück in den Käfig und Nim sollte gehen, protestierte Selkie nicht, damit Nim sich keine Gedanken um sie machte. Und Nim selbst weinte nicht, damit sich Selkie keine Gedanken um sie machte.

Fred wartete einfach nur, bis der Professor auf der anderen Seite des Gangs verschwunden war, mit dem Schüssel in seiner Hosentasche – dann nieste er laut.

Nach all dem Elend unten bei den Tieren wirkte der Kinderklub wie ein seltsamer Traum. Es gab zu viel Licht und zu viele Farben, zu viel Lärm und zu viele Kinder.

»Kommt«, sagte Erin. »Wir gehen lieber raus.«

Sie rannten die Treppen hoch zum Seelöwen-Deck. »Der perfekte Ort, um einen Rettungsplan für einen Seelöwen auszuhecken!«, rief Ben.

Es war kaum möglich, nicht ein bisschen froher zu werden, als sie in den Liegestühlen neben dem großen, blauen Swimmingpool lagen und auf das noch viel größere und blauere Meer hinausschauten.

Erin reichte Nim ein frisches Stück Weißbrot mit Erdnussbutter. Die Erdnussbutter war klebrig, aber nach ein paar Bissen schmeckte sie Nim ziemlich gut. Ben hatte sich eine Banane in die Hosentasche gestopft, die nur ganz wenig gequetscht war, und dazu ein Stück Wassermelone, das total zerquetscht war.

Fred liebte zerquetschte Wassermelone.

Und während sie aßen und redeten, reifte ihr Plan heran – er wurde immer ausführlicher und genauer.

Alex hatte keine Pläne. Keinen einzigen.

Eine junge Frau mit einem Namensschild, auf dem *Virginia* stand, klopfte mit einem Glas Guten-Morgen-Saft in der Hand an die Kabinentür. »Ich bin Ihre Betreuerin auf dieser Reise, Miss Dozer – kann ich irgendetwas tun, damit Sie sich schnell hier einleben?«

»Würden Sie dafür sorgen, dass ich meine Mahlzeiten in der Kabine einnehmen kann?«

»Natürlich!«, sagte Virginia. »Aber ich hoffe doch, es geht Ihnen bald wieder so gut, dass Sie etwas unternehmen können. Der Professor hält heute Nachmittag einen Vortrag über Klammeraffen. Diese armen kleinen Kerlchen … Aber der Professor sagt, es macht ihnen nichts, dass sie von ihren Müttern getrennt sind, und er ist schließlich Experte auf dem Gebiet! Vielleicht fühlen Sie sich später wohl genug, um ihm zuzuhören.«

»Vielleicht«, sagte Alex. Dann fiel ihr ein, dass sie seit zwei Tagen und einer Nacht das gleiche blaue

Hemd und die gleiche rote Hose trug. »Kann man hier auf dem Schiff Kleidung kaufen?«

Virginia grinste. »Kleidung, Schmuck, Sportartikel … wir haben hier absolut alles.« Sie reichte Alex das Adressbuch des Schiffs, das auf dem Schreibtisch lag. »Wussten Sie, dass eine alte Dame sogar ganz hier an Bord lebt? Sie behauptet, sie will nie wieder an Land. Hier auf dem Schiff gäbe es doch sowieso alles, was man braucht, wie in einer Stadt – darum bin ich sicher, dass Sie finden, was Sie suchen.«

Alex blätterte in dem Buch und rief im *Laden für die lässige Lady* an, um dort ein paar neue Shorts und Oberteile zu bestellen.

Aber als sie den Mund aufmachte, hörte sie, wie

sie stattdessen einen Schlafanzug verlangte. Tief drinnen war ihr nämlich klar, dass sie einfach nur im Bett bleiben wollte, bis sie das Schiff verließ. Vielleicht würde sie es sogar machen wie die alte Dame und ihr restliches Leben an Bord dieses Schiffs verbringen.

Jack hatte den ganzen Abend und die ganze Nacht über nach Nim gesucht. Er hatte die Insel von einem bis zum anderen Ende durchkämmt. Als die Sonne aufging, war er ganz oben auf dem Vulkanberg.

Tief unter sich sah er die höchste Stelle der Fregattvogelklippen, dann streifte sein Blick über den blassgoldenen Sand des Schildkrötenstrands, über das Grasland und den Muschelstrand in der Nähe ihrer Hütte, über den Seelöwenfelsen und die Schlüssellochbucht und schließlich über die düsteren schwarzen Lavafelsen, zwischen denen die Schutzhöhle versteckt war.

Aber egal in welche Richtung er sein Fernglas hielt, und egal wie weit er schaute, nirgends gab es das geringste Zeichen von Nim.

»Sie ist nicht auf der Insel«, gestand sich Jack schließlich ein. »Und sie kann auch nicht ins Meer gefallen und ertrunken sein, denn das würde Selkie niemals zulassen. Sie muss bei Alex sein.«

Das Bild von dem immer kleiner werdenden

Wasserflugzeug hatte sich tief in sein Gedächtnis eingebrannt, aber wenn er zu entscheiden versuchte, ob hinter dem goldblonden Kopf von Alex noch ein Restchen von Nims wildem Haarschopf zu sehen gewesen war, wusste er es einfach nicht.

Jack war wütend, weil die beiden weggegangen waren, ohne ihm etwas davon zu sagen. Und er hatte Angst um Nim, denn Nim war noch nie in einer Stadt gewesen, auch wenn Alex bestimmt gut auf sie aufpassen würde. Vor allem aber war er traurig, weil er nun allein hier auf der Insel war, ohne die beiden, und weil die beiden woanders waren, ohne ihn, wo sie doch eigentlich alle zusammen sein sollten.

»Ich muss losziehen und sie finden«, sagte sich Jack.

Das Problem war nur, dass er nicht die geringste Ahnung hatte, wo er nach ihnen suchen sollte.

8

Vor zwölf Wochen hatte ein Sturm Jacks Boot geraubt. Derselbe Sturm hatte Alex auf die Insel gebracht. Das Boot war nie mehr zurückgekommen und Jack hatte bis jetzt noch kein neues gebaut.

Also musste er das Wasserflugzeug nehmen, genau wie Alex und Nim. Bis es hier landete, würde er mit ein bisschen Glück hoffentlich wissen, wo er überhaupt hinwollte.

Jack rannte, rutschte und schlidderte den Abhang des Vulkanbergs hinunter und weiter bis zur Hütte. Er stellte den Computer an und schaute nach seinen E-Mails, nur für den Fall, dass Alex ihm geschrieben hatte. Aber das hatte sie nicht, also schrieb er an sie.

Von: jack.rusoe@explorer.net
An: aka@incognito.net
Datum: Freitag, 2. Juli, 7 Uhr 03
Betreff: WO SEID IHR?

Liebe Alex,
warum bist du weggegangen? Wo bist du hin? Warum hast du Nim mitgenommen und mir nichts davon gesagt?
Bitte gib ihr diese Nachricht:

Liebe Nim,
bleib bei Alex. Ich komme.
In Liebe,
Jack

Und damit Nim wusste, wie er es meinte, fügte er nach »In Liebe« noch ein: (so groß wie die von Selkie für das Meer)

Dann schrieb er:

Von: jack.rusoe@explorer.net
An: delia.defoe@papyruspublishing.com
Datum: Freitag, 2. Juli, 7 Uhr 05
Betreff: Alex Rover

Liebe Delia Defoe,
Alex ist verschwunden. Sie hat Nim mitgenommen. Wissen Sie, wo sie ist?
Mit besten Grüßen,
Jack Rusoe

Und zum Schluss schrieb er:

Von: jack.rusoe@explorer.net
An: wasserflugzeug@sunshine-island.com
Datum: Freitag, 2. Juli, 7 Uhr 08
Betreff: NOTFALL!

Bitte kommen Sie zurück auf die Insel, auf der Sie gestern Material abgeliefert haben. Ich muss sofort abreisen. Es ist äußerst dringend.
Jack Rusoe

Noch bevor er wieder aufgestanden war, machte der Computer *Ping*. Eine neue Mail war gekommen.

Von: delia.defoe@papyruspublishing.com
An: jack.rusoe@explorer.net
Datum: Freitag, 2. Juli, 7 Uhr 09
Betreff: Re: Alex Rover

Danke für Ihre E-Mail. Ich bin im Moment außer Haus, um die Präsentation von Alex Rovers aufregendem neuen Buch vorzubereiten, das am 7. Juli erscheinen wird. Das Warten hat sich gelohnt, das versichere ich Ihnen! Wie Sie sich vorstellen können, stauen sich in der Zwischenzeit die eingehenden Mails, aber ich werde mich bemühen, Ihnen trotzdem in-

nerhalb von zehn bis fünfzehn Arbeitstagen zu antworten.
Mit besten Grüßen,
Delia Defoe

»Zehn bis fünfzehn Arbeitstage«, schrie Jack. »So lange kann ich unmöglich warten!«

Wieder ließ der Computer ein *Ping* hören.

Von: wasserflugzeug@sunshine-island.com
An: jack.rusoe@explorer.net
Datum: Freitag, 2. Juli, 7 Uhr 10
Betreff: Ich bin in Ferien!

Ich mache Ferien, deshalb übernimmt das Sunshine-Island-Wasserflugzeug von Donnerstag, 1. Juli, abends bis Montag, 30. August, keine Flüge. Hoffentlich bereitet das keine Unannehmlichkeiten. Dies ist eine automatische Antwort. Mails an diese Adresse werden nicht vor Montag, 30. August, gelesen.
Eine gute Reise wünscht Ihnen
Sam vom Sunshine-Island-Wasserflugzeug

»Wie zur Hölle soll ich denn reisen?«, brüllte Jack. Und während er *Tropentrip-Touristen* in die Suchmaschine eingab, brummte er: »Und *gut* ist hier *überhaupt gar nichts*!«

In Jacks Augen war ihre Insel die schönste auf der

ganzen Welt, und die Vögel und anderen Tiere, die hier lebten, waren frei und glücklich. Deshalb hatte er sich so bemüht, die Insel vor den Tropentrip-Touristen zu verstecken, denn ihm war klar, dass sie alle Tiere vertreiben und die Pflanzen ruinieren würden, wenn sie herkamen. Und dann wäre die Insel nicht mehr die schönste auf der ganzen Welt.

Aber jetzt zählte etwas anderes: Jack liebte Nim mehr, als er die Tropentrip-Touristen hasste. Und wenn Alex schon einmal mit einem ihrer Schiffe von Sunshine Island bis in die Nähe ihrer Insel gefahren war, dann konnten die Tropentrip-Touristen Jack bestimmt auch dorthin mitnehmen.

EIN NEUES ZEITALTER HAT BEGONNEN! DIE ABENTEUER-TRIPS SIND VORBEI – JETZT KOMMEN LUXUS-KREUZFAHRTEN! SCHÖNER, GRÖSSER, BESSER!
Die Tropentrip-Touristen verabschieden sich von dem alten Schiff, das Sie auf viele herrliche Abenteuer-Touren mitgenommen hat. Warum sich die Mühe machen, eine Reise zu planen, wenn wir alles für Sie erledigen können? Denken Sie immer daran: Wo die Tropentrip-Touristen nicht hinfahren, gibt es nichts zu sehen! Darum gehen Sie mit uns auf die Reise – an Bord unseres funkelnagelneuen, luxuriösen Kreuzfahrtschiffs! Die nächsten Termine erfahren Sie mit einem Klick.

Jack las gar nicht erst weiter, sondern schaltete den Computer aus.

»Luxus-Kreuzfahrten!«, schimpfte er, während er die Schlafmatten von der Hüttenwand wegzerrte.

Die Wand bestand aus kräftigen Bambuspfosten, die fest aneinandergebunden waren. Anders als alle anderen Wände der Hütte hatte sie keine Fenster oder Türen. Jack packte die Axt, die hinter der Hütte stand.

»Von wegen gute Reise!«, rief er und hackte ein Stück aus der Wand heraus, genau in der richtigen Größe für ein Floß. Dann nagelte er eine Decke vor das Loch in der Wand, damit weder Vögel noch Staub reinkommen konnten, und warf als zusätzlichen Schutz einen leeren Sack über den Computer und die Messinstrumente. »Das muss reichen«, beschloss Jack.

An einem dicken Tau zerrte er das Floß über den Sand zum Muschelstrand. Danach war er müde, durstig und total verschwitzt, aber er machte nur so lange Pause, wie es dauerte, um eine Kokosnuss zu knacken und den Saft darin zu trinken. Dass Fred nicht sofort angelaufen kam und um das Fruchtfleisch bettelte, wunderte Jack sehr.

Wer weiß, vielleicht saß auch Fred gerade in einem Flugzeug! Jack musste fast lachen bei diesem Gedanken, rannte aber trotzdem weiter den Hügel hoch Richtung Garten.

Dort fand er zwei robuste, dünne Bambusstangen, die sich gut als Mast und Baum eigneten. Er fällte sie und lief mit ihnen wieder zurück zum Strand. Eilig befestigte er den Baum am Mast, sägte ein säuberliches Loch in die Mitte vom Floß und verankerte den Mast mit Draht und Seilen darin.

»Immerhin macht das Segel keine Probleme«, sagte Jack. Er zog einen Beutel heraus, den er erst am Tag zuvor aus dem Flugzeug geladen hatte. Darin war ein Segel für das Boot, das er eigentlich hatte bauen wollen. Ein vollkommenes, blütenweißes Segel, einerseits leicht und andererseits stark genug, um jede Art Wind einfangen zu können. Aber für sein kleines, rasch zurechtgezimmertes Floß war es viel zu groß.

Jack hat noch nie im Leben ein funkelnagelneues Segel besessen.

Er zog sein rotes Taschenmesser heraus, schnitt ein großes Rechteck aus dem Segel und machte es am Mast fest.

Jack betrachtete den weiten, leeren Ozean und sein Floß mit dem kleinen Segel. Es wirkte nicht sehr stabil.

Er warf sechs Kokosnüsse, ein Hemd, eine Hose und seine Zahnbürste in eine Segeltasche, steckte seinen Kompass in die eine Hosentasche und Notizbuch und Stift in die andere, dann schnappte er sich zwei Angelleinen, zwei große Wasserbehälter und ein paar Bananen.

Zum Schluss machte er einen Metallcontainer auf, den er schon sehr lange nicht mehr geöffnet hatte. Hier waren seine Brieftasche und sein Pass sauber und trocken verstaut. Jack steckte beides in die sicherste Tasche seiner Hose – die Tasche mit der Kordel zum Zuziehen – und verließ die Hütte.

»Kennst du Alex Rover?«, wollte Nim von Erin wissen, nachdem Ben losgezogen war, um Eis zu kaufen. Manches lässt sich nämlich leichter aussprechen, wenn man nur mit einem Menschen redet statt mit zweien.

»Alex Rover, diesen berühmten Schriftsteller?«

»Alex ist meine Freundin«, sagte Nim. »Und die von meinem Vater. Aber ich war gemein zu ihr und jetzt ist sie weg.«

»Jeder ist mal gemein«, meinte Erin. Aber Nim war klar, dass Erin mit Sicherheit noch nie so gemein gewesen war wie sie selbst.

»Mein Vater wird Angst haben, dass sie nie mehr zurückkommt«, sagte Nim. »Und bestimmt macht er sich auch Sorgen um mich. Aber … vielleicht freut er sich auch, dass ich weg bin.«

»Garantiert freut er sich nicht«, sagte Erin.

»Wenn ich ihm bloß sagen könnte, wo ich bin«, überlegte Nim.

»Schreib ihm doch eine E-Mail, im Computerraum.«

»Aber da müssen die Eltern ihre Kinder erst anmelden«, erklärte Ben und reichte den beiden ihr Waffeleis.

»Schreib deine Nachricht und die Adresse auf«, sagte Erin, »dann kann ich die Mail für dich abschicken.«

»Danke«, sagte Nim. »Puh! Ich wusste gar nicht, dass Eis so kalt ist!«

Von: erin@kidmail.com
An: jack.rusoe@explorer.net
Datum: Freitag, 2. Juli, 11 Uhr 05
Betreff: Mach dir keine Sorgen!

Lieber Jack,
meine Freundin Erin schickt dir diese Mail, weil ich nicht in den Computerraum darf, ohne dass du mich angemeldet hast.
Ich hoffe, du hast meine Flaschenpost gekriegt. Ich bin auf einem Tropentrip-Schiff, das nach New York unterwegs ist.
Wir haben einen Plan, aber ich will ihn nicht aufschreiben, sonst liest ihn vielleicht jemand, wenn Erin den Zettel abschreibt.
Heute Morgen habe ich die Vogelkäfige sauber gemacht und an vier roten Flaumfußtauben Ringe von unserer Insel entdeckt. Ich hatte keine Ahnung, dass es erlaubt ist, Tiere zu fangen, bloß weil sie intelligent, einmalig oder interessant sind. Der Professor behauptet, auf die Art könnte man sie am besten beschützen. Das verstehe ich nicht. Aber er kann es nicht leiden, wenn ihm Leute Fragen stellen, darum lasse ich es lieber. Außerdem glaube ich, dass er in Wirklichkeit gar keine Tiere mag.
Es tut mir furchtbar schrecklich leid, dass ich so gemein zu Alex war. Und manchmal,

wenn du mit Alex geredet hast, war ich auch gemein zu dir, das weiß ich. Ich wollte, das wäre nicht passiert.
In Liebe (so groß wie die von Fred für Selkie)
Nim

Sie schrieb auch eine Nachricht für Alex, aber die Vorstellung, dass Erin das dann lesen würde, war ihr so unangenehm, dass sie den Zettel zusammenknäulte und in ihre Hosentasche schob.

»Im Kinderklub ist heute Pizza-Abend«, sagte Ben, während Erin die Mail verschickte. »Da können wir alle zusammen essen.«

»Wie schmeckt Pizza?«, fragte Nim.

Ben erklärte es ihr. »Aber du darfst nur uns so was fragen! Sonst merken die andern gleich …«

»Dass ich mich hier eingeschlichen habe?«

»Die finden dich dann seltsam«, sagte Ben, »und damit fällst du auf. Noch viel mehr als durch Fred.«

Als Erin zurückkam, suchten sie sich einen Platz hinter einem weißen Kasten, auf dem *Schwimmwesten* stand. Dort war sonst niemand, weil es den meisten Leuten zu windig war. Nim lernte nun, wie sie so tat, als unternähme sie mit ihren Eltern eine ganz normale Kreuzfahrt.

Es erinnerte sie ein bisschen an den Schulunterricht bei Jack, nur dass sie andere Sachen lernte. Es ging nicht darum, wovon sich Schildkröten ernährten oder wie Plankton wuchs, sondern welches Essen Kinder mochten und wie sie redeten, was sie machten und was für Sachen sie besaßen.

»Das ist zu viel Zeug!«, stöhnte Nim. »Wie soll ich mir das alles merken?«

»Bleib einfach bei uns«, sagte Erin. »Und mach nach, was wir tun.«

Als Ben auf seine Uhr sah, schaute Nim zur Sonne. »Aber zuerst«, sagte sie, »müssen Fred und ich Selkie besuchen.«

9

Selkie und Fred konnten jede Menge Tricks, aber sie machten sie nur, wenn sie Lust hatten. Es würde nicht leicht werden, ihnen beizubringen, dass es nur eine einzige Möglichkeit gab, um den Professor zu überlisten: Sie mussten ihre Tricks auf Nims Kommando hin vorführen.

Und der Professor sah die ganze Zeit zu. Er war furchtbar schlecht gelaunt, weil ihn während seines Vortrags eins von den kleinen Klammeräffchen gebissen hatte.

Nim wollte nicht, dass er auch auf Selkie wütend wurde, also fütterte sie zuerst die Vögel und redete beruhigend in der Vogelsprache auf sie ein.

»Wenn du selbst Töne machst wie ein Vogel, lernen sie nie sprechen!«, schimpfte der Professor. »Bring ihnen ein Lied bei, das alle kennen. Dafür zahlen die Leute – äh, das interessiert sie.«

Ohne Nims Antwort abzuwarten, stürmte er davon und sie war mit den Tieren allein.

Sie gurrte noch mal mit den Tauben, dann rannte sie zu Selkies Käfig. Selkie schnaubte und beschnupperte sie von oben bis unten, als wäre Nim diejenige, die entführt und eingesperrt worden war.

»Irgendwie kommen wir wieder zurück nach Hause auf die Insel«, sagte Nim zu ihr. »Alex hilft uns ganz bestimmt dabei, auch wenn sie mich nicht mehr mag. Und das Wichtigste ist sowieso erst mal, dass wir dich hier rauskriegen. Wir haben fünf Tage Zeit dafür.«

Sie betrachtete Selkies winzigen Käfig und die Wanne mit dem trüben Wasser. Fünf Tage waren eine furchtbar lange Zeit.

»Wenn ich es hinbekäme, dass du in den Pool darfst«, sagte sie, »wäre es schon viel besser.«

Leise und vorsichtig drückte sie die Klinke herunter. Die Tür war nicht abgeschlossen. Sie öffnete sie einen Spaltbreit und spähte den Gang entlang.

Der Professor kam zurück.

Schnell machte Nim die Tür wieder zu. Sie nahm Selkie in die Arme und drückte sie an sich. Kurz glaubte sie, sie müsste weinen – aber das würde Selkie noch viel unglücklicher machen als das Eingesperrtsein.

Außerdem ist das Weinen ja schuld an dem ganzen Schlamassel!, dachte Nim. Dass sie sich vor lauter Kummer in der Schutzhöhle verkrochen hatte, kam ihr auf einmal unsinnig vor, und sie musste fast darüber lachen. Aber weil der Professor inzwischen wieder hereingekommen war, klatschte sie stattdessen in die Hände.

»Fantastisch!«, rief sie, als hätte Selkie gerade das großartigste Kunststück aller Zeiten gemacht.

Damit der Professor nicht auf die Idee kam, es selbst sehen zu wollen, fügte sie schnell hinzu: »Für heute reicht es mit dem Training.«

Der Professor grummelte. »Na gut, Kleine, dann fütter jetzt die anderen Tiere und kehr die Käfige aus.

Wenn du alles ordentlich machst, darfst du morgen wieder eine Runde trainieren.«

»Danke«, antwortete Nim höflich. Sie arbeitete so langsam und sorgfältig, wie sie konnte, denn solange sie hier war, musste Selkie immerhin nicht allein im Käfig sitzen.

Plötzlich entdeckte sie neben der Tür einen Schlüssel. Er sah wie der Schlüssel des Professors aus, dabei hatte sie genau gesehen, wie er den in den Tiefen seiner Hosentasche verstaut hatte. Das hier musste ein Ersatzschlüssel sein – und einen verschwundenen Ersatzschlüssel würde der Professor wahrscheinlich nicht gleich vermissen.

Also fegte Nim das vergammelte Obst und den Kot aus dem Affenkäfig, stellte frisches Wasser und nicht ganz so vergammeltes Obst hin und redete dabei leise auf die kleinen Äffchen ein. Sie gab sich alle Mühe, den Tieren nicht zu zeigen, wie traurig und wie wütend sie war über das Gefängnis, in das sie eingesperrt waren.

Zum Schluss brachte sie Selkie zurück in ihren Käfig. Sie blieb noch eine ganze Weile bei ihr sitzen, rieb ihr den Kopf mit kaltem Wasser ab und streichelte sie.

»Denk dran«, sagte der Professor mit einem spöttischen Grinsen, »dieser Ort hier unten ist unser kleines Geheimnis. Die Arbeit der Stiftung ist sehr wichtig – wichtig auf eine Art, die die meisten Leute nicht verstehen. Ich will auf gar keinen Fall, dass du mit irgendwem über die Tiere sprichst. Also halt den Mund, blinder Passagier, dann geht's uns allen gut: Ich kriege einen schönen Haufen Geld und die Tiere ein angenehmes Zuhause, wo alle wissen, wie intelligent, einmalig und interessant sie sind – und du und deine Mutter, ihr müsst nicht ins Gefängnis.«

Nim musste schlucken und nickte. Er wollte ihr Angst machen, und das gelang ihm auch. Sie hatte größere Angst als je zuvor in ihrem Leben. Und weil sie so viel Angst hatte, war der Professor beruhigt. Um sie brauchte er sich keine Gedanken zu machen. Zufrieden nahm er sich etwas zu trinken, setzte sich in seinen Sessel und begann Zeitung zu lesen.

»Morgen früh komme ich wieder«, flüsterte Nim.

Der Professor grunzte nur und blätterte um.

Rückwärts ging Nim aus der Tür – und während sie Selkie zum Abschied winkte, nahm sie den Schlüssel vom Haken.

10

Beim Pizza-Abend nicht aufzufallen war schwer für Nim. Am schwersten fand sie, so zu tun, als wäre die falsche Sorte Pizza ihr größtes Problem. Sie hätte lieber ein Stück mit Sardellen gehabt als eines mit Peperoni. Sardellen waren schließlich Fische und schmeckten ein bisschen nach zu Hause.

»Das ist fast so, wie mit einer Gruppe von Delfinen zu schwimmen, die man noch nicht kennt«, erklärte sie Ben und Erin. Sie hatten ihre Pizza nach draußen mitgenommen und sich allein aufs Deck gesetzt.

»Das würde ich auch mal gern machen!«, rief Ben.

»Und ich würde so gern deine Insel sehen«, sagte Erin.

»Ja, das wäre schön«, sagte Nim. Dabei wurde ihr heiß, denn sie hatte das Gefühl, Jack zu verraten. Aber es stimmte einfach. Sie hatte sich immer gefragt, wie es wohl wäre, Freunde zu haben, die sprechen konnten. Jetzt wusste sie, wie es war, und es gefiel ihr gut. Nim wollte so gern zurück auf ihre Insel, mehr als alles sonst auf der Welt – aber zugleich wollte sie Erin und Ben nicht verlieren.

Sie erzählte ihnen, was der Professor gesagt hatte.

»Ins Gefängnis!«, wiederholte Erin.

»Dabei ist er doch der Böse!«, sagte Ben grimmig.

»Angeblich darf er Tiere einfangen wegen dieser Stiftung. Er sagt, es entspricht den Gesetzen, weil es dazu dient, Leuten mehr über Tiere beizubringen. Und das würde den Tieren überall auf der Welt nützen.«

»Und er ist schließlich ein *Professor*«, sagte Erin.

»Und *ich* bin nur ein blinder Passagier«, sagte Nim.

»Trotzdem ist er der Böse«, sagte Ben.

»Wir sollten Mama und Papa fragen, was sie denken«, sagte Erin.

»Nein!«, rief Nim. »Er hat gesagt, er schickt mich zum Kapitän, wenn ich irgendwem was erzähle. Ich hätte es nicht mal euch sagen dürfen. Und wenn ihr mir helft, dann kriegt ihr am Ende auch noch Ärger!«

»Das ist uns egal«, sagte Ben.

Erin stimmte ihm zu. »Es zählt nur, dass du in Sicherheit bist und dass wir es schaffen, Selkie zu befreien. Also müssen wir uns an den Plan halten.«

»Aber wisst ihr, was im Moment zählt? Und was

sowieso am besten ist? Wenn wir so tun, als ginge es uns richtig gut. Kommt, wir holen uns noch Pizza!«

Fred rieb Ben mit seinem stacheligen Rücken am Bein und grinste breit. Mozzarella-Fäden hingen ihm aus dem Maul und wickelten sich um seine Klauen. Er mochte Pizza und auch Ben mochte er immer mehr.

Von ihrer Kabinentür aus schauten Erin und Ben Nim dabei zu, wie sie wieder hoch in das Rettungsboot kletterte. Nim fühlte sich allein.

Sehr allein sogar. Nachdem sie die Abdeckung über sich zugemacht hatte, fand sie es furchtbar dunkel, so dunkel wie das Meer in seinen tiefsten Tiefen.

Dann hörte sie ein Klopfen – drei Mal schnell hintereinander, was ihr Erkennungssignal war – und gleich darauf schaukelte das Boot, weil jemand am Gestell hochkletterte.

Ben streckte den Kopf herein und reichte ihr eine Taschenlampe.

Als Nim sie anschaltete, wurde ihr klar, warum Erin sie vorhin so angeschaut hatte. »Schlaf gut, Nim«, hatte sie gesagt und geguckt, als hätte sie ein Geheimnis, das sie kaum für sich behalten konnte.

Das Bootsinnere war in ein Schlafzimmer verwandelt worden. Es gab zwei Decken, auf die sich

Nim legen konnte, und zwei Handtücher zum Zudecken, ein Kissen für sie und eines für Fred, dazu eine Flasche Wasser und eine Banane.

Aber am besten war die Erinnerung an die Gesichter von Erin und Ben, als sie ihnen vorhin den Schlüssel gezeigt hatte. Sie hatten ihn angefasst, als wäre er magisch. Und obwohl Nim wusste, dass sie nicht zaubern konnte, fühlte sie sich mit dem Schlüssel in der Tasche fast so mächtig, als könnte sie es doch.

Die Sonne war noch nicht aufgegangen, als Erin drei Mal an das Gestänge klopfte, um Nim zu wecken.

Noch halb schlafend warf Nim ihre Decken und Kissen hinunter zu Erin, nur für den Fall, dass irgendwer von der Tropentrip-Besatzung das Boot tagsüber benutzte. Dann schwang sie sich hinunter aufs Deck, mit Fred im Schlepptau. In der kühlen Morgenluft wurden sie beide schnell wach. Während Erin auf Zehenspitzen zurück in ihre Kabine schlich und das Bettzeug verstaute, rannten Nim und Fred nach unten zu den Tieren. Fred lief gerne allein, wenn keiner da war, der auf ihn treten konnte.

Nim vergewisserte sich, dass niemand sie sehen konnte, dann schloss sie die Tür auf und schlüpfte mit Fred zusammen hinein.

»Mach schnell«, flüsterte sie Selkie zu und sperrte den Käfig auf. Die anderen Tiere taten ihr leid, aber in diesem Moment konnte sie nichts für sie tun.

Selkie robbte hinter ihr her in den Fahrstuhl und stieß ein überraschtes »Onk« aus, als er sich in Bewegung setzte. Fred grinste derart selbstzufrieden, als würde er schon Fahrstuhl fahren, seit er aus dem Ei geschlüpft war.

Alles war dunkel und menschenleer, als sie oben auf dem Seelöwen-Deck ankamen. Sie rannten zum Schwimmbecken mit der Wasserrutsche und sprangen ins klare Wasser.

Selkie prustete und drehte sich, tauchte und sprang und schwamm so schnell sie konnte in dem Pool herum. Fred ließ sich hinunter auf den Grund sinken und nieste beim Auftauchen entrüstet, weil er keinen Seetang gefunden hatte.

Nim schwamm mit Selkie und tauchte mit Fred. Sie konnte zwar nicht so schnell schwimmen wie ein Seelöwe und nicht so lange die Luft anhalten wie ein Leguan, aber es zu versuchen, machte ihr Spaß. Auch wenn sie noch nicht genau wusste, wie sie es hinkriegen sollten zu flüchten – es war jedenfalls klar, dass sie dafür so stark und schnell und gut sein mussten, wie sie nur konnten.

Der Himmel wurde langsam heller. Ein Mann eilte vorbei und knöpfte sich im Laufen seine Chefkochjacke zu.

Nim gab Selkie ein Zeichen und sie tauchte leise wie ein Flüstern nach unten. Fred war sowieso schon wieder auf dem Grund des Beckens, denn er war überzeugt, dass es hier irgendwo doch Seetang geben musste. Nim schwamm einfach weiter und versuchte möglichst wenig zu spritzen.

»Du bist aber früh auf!«, rief der Koch. »Hast wohl keine Lust auf so viele Leute, was?«

»Stimmt«, sagte Nim und er lief weiter.

Nim war klar, dass es zu gefährlich wäre, noch länger hierzubleiben. Die drei schlüpften aus dem Becken und fuhren zurück nach unten. Nur eine Wasserspur verriet, dass sie da gewesen waren, und die trocknete schnell.

11

Jack wurde von der Sonne geweckt. Er hatte die ganze Nacht hindurch Kurs gehalten und war nur ab und zu kurz eingenickt. Das Tageslicht zeigte ihm, dass er noch einen weiten Weg vor sich hatte. Noch immer war nirgends Land zu sehen, sondern nur der weite blaue Ozean überall um ihn.

Ein Fregattvogel kreiste dicht über dem Floß und hielt Ausschau, ob Jack einen Fisch für ihn hatte. »Heute gibt's nichts für dich, Galileo«, rief Jack. Er hätte dem Vogel gern einen Brief für Nim mitgegeben, aber in einer Stadt konnte nicht mal Galileo Nim finden.

Kurz fragte sich Jack, was er tun sollte, falls Nim nicht bei Alex war, aber er schob den Gedanken schnell wieder weg.

Als Galileo hoch in den Himmel stieg und verschwand, rief ihm Jack hinterher: »Du hast recht, ich sollte meine Angelleinen auswerfen. Danke für die Erinnerung!«

Er warf einen Blick auf den Kompass und korrigierte seinen Kurs, dann warf er die Angelleinen aus, trank ein paar Schluck Wasser und aß ein bisschen Kokosnuss als Frühstück.

»Bald bin ich bei dir, Nim!«, rief er.

Und etwas leiser fügte er hinzu: »Und bei dir auch, Alex. Hoffentlich.«

Erschrocken wachte Alex auf. Sie war sich sicher, dass jemand an ihre Kabinentür geklopft hatte, drei Mal schnell hintereinander. Dann war da ein Rumpeln, als würde jemand aufs Deck springen, und sie hörte ein Flüstern.

Das waren nur die Kinder aus der Kabine nebenan. Sie hatte sie gestern auch schon gehört. Dem Klang nach waren es zwei kleine Mädchen, ein etwas größerer Junge und ein Mädchen, das in Nims Alter sein musste. Vielleicht gab es sogar noch ein Mädchen. Alex verstand nicht, was die Kinder sagten, sie hörte nur das Gemurmel ihrer Stimmen und das Gepolter in ihrer Kabine, wenn sie herumhüpften oder Sachen aus den Schränken auf den Boden warfen.

Alex hätte gern gewusst, wie diese Kinder waren. Ob sie sich wohl mit Nim anfreunden könnten? Vielleicht, dachte Alex, hätte ich alles besser hingekriegt, wenn ich vor meiner Ankunft auf der Insel schon mal mit Kindern zu tun gehabt hätte.

»Und wenn du alles besser hingekriegt hättest«, sagte sie sich, »wärst du jetzt nicht auf diesem Schiff!« Streng fügte sie hinzu: »Und fang bloß nicht wieder an zu weinen!« Dann zwang sie sich, noch einmal einzuschlafen.

Nim hatte es gerade noch rechtzeitig geschafft, Selkie zurückzubringen. Jetzt, wo die Sonne hell und hoch am Himmel stand, wimmelte es auf dem Schiff nur so von Leuten. Sie machten es sich auf Liegestühlen bequem oder lehnten an der Reling, und mindestens einem von ihnen wäre ein Seelöwe auf seinem Weg quer durchs Schiff garantiert aufgefallen.

Auch auf dem Wasser war Betrieb: Vor ihnen und hinter ihnen waren viele andere Schiffe und es kamen ihnen auch immer wieder welche entgegen. Sie fuhren jetzt auf einem breiten Fluss. Auf beiden Seiten des Ufers ragten nun grasgrüne Hügel auf. Nim fühlte sich angespannt und beengt. Sie war es nicht gewöhnt, anstelle des weiten blauen Ozeans nur einen kleinen Streifen Wasser zu sehen.

Der Fluss wurde immer schmäler und die Uferböschung steiler, bis es nur noch einen engen Kanal gab und das Schiff den Beton zu beiden Seiten beinahe berührte. Ganz langsam wurden sie auf zwei gigantische verschlossene Türflügel zugeschleppt –

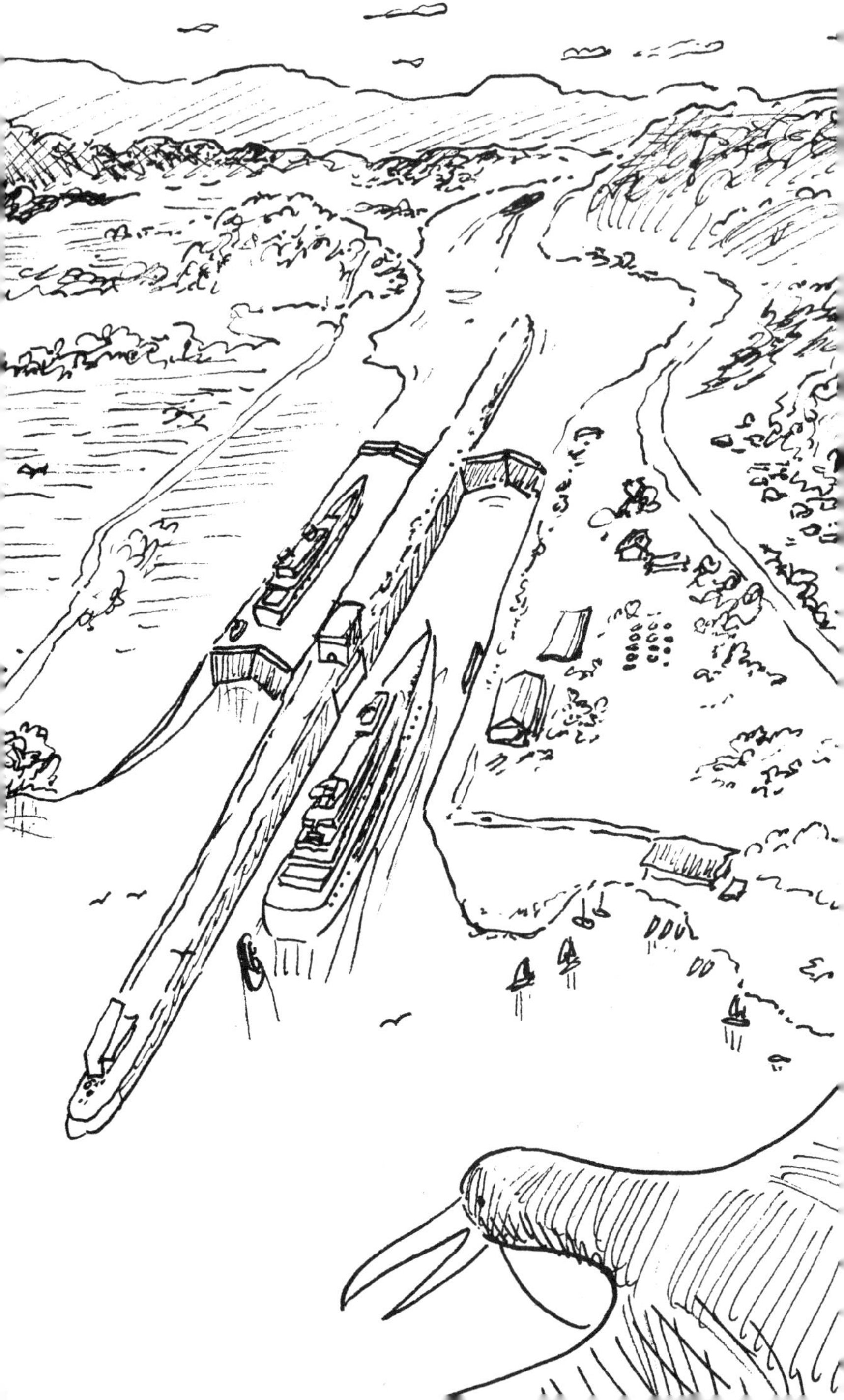

und gerade als Nim sich zu fragen begann, was wohl als Nächstes mit dem Schiff passieren würde, hob es sich in die Höhe, als wäre es in einem Aufzug.

Nim bemühte sich, so zu gucken, als fände sie Schiffe, die Aufzug fuhren, ganz normal, bis sie merkte, dass fast alle Leute an Bord nach draußen gekommen waren, um das Spektakel zu sehen und zu fotografieren.

»Unglaublich!«

»Wie funktioniert das?«

»Das Wasser wird durch unterirdische Wasserleitungen aus einem See hierher geleitet.«

»Mein Lebenstraum! Dass ich das endlich sehen darf!«

Für mich ist alles seltsam auf diesem Schiff, dachte Nim. Wie soll ich da wissen, was für alle anderen seltsam ist?

Sie entdeckte Erin und Ben, die mit ihren Eltern und kleinen Schwestern vor ihrer Kabine standen und schauten. Ihre Mutter filmte die riesigen Aufzugtüren mit einer Videokamera.

Jetzt war die Mauer neben der Reling auf der gleichen Höhe wie das Schiffsdeck. Wenn sie jetzt hinübersprang, konnte sie bestimmt vom Schiff flüchten.

»Aber ohne Selkie können wir nicht weg«, flüsterte sie Fred zu. Fred rieb seinen Kopf an ihrem Kinn.

Das Schiff stieg immer höher und höher, bis es so hoch über der Mauer lag, dass es unmöglich gewesen wäre zu springen.

Außerdem, überlegte Nim, wie soll ich Alex finden, wenn wir uns jetzt davonmachen? Und wie soll ich zurück nach Hause kommen? Vielleicht müssen wir für immer auf diesem Schiff bleiben und werden nie mehr wieder an Land gehen.

An diesem Nachmittag brachte ihnen Kelvin im Kinderklub ein neues Spiel bei, das *Spinnennetz* hieß. Wer gerade die Spinne war, stand mit hochgestreckten Händen in der Mitte, und die anderen drängten sich in einem Kreis um ihn herum. Wenn Kelvin »Netz!« rief, mussten sie nach hinten greifen und die beiden erstbesten Hände packen, die sie zu fassen bekamen. Ohne sich gegenseitig loszulassen, sollten sie sich dann umeinander schlängeln, bis sie wieder einen ordentlichen Kreis bildeten, während die Spinne versuchte, auf die andere Seite durchzukommen.

»Aber ohne zu treten oder zu schlagen!«, mahnte Kelvin. »Eine Spinne würde ihrem eigenen Netz nie Schaden zufügen.«

Nim war richtig gut als Spinne, denn sie konnte schneller als alle anderen unter Armen wegtauchen und sich zwischen Beinen durchschlängeln. Aber am besten gefiel es ihr, Erin oder Ben oder auch ein unbekanntes Kind fest an der Hand zu halten und einfach zu dem großen Netz zu gehören.

Von: erin@kidmail.com
An: jack.rusoe@explorer.net
Datum: Samstag, 3. Juli, 17 Uhr 45
Betreff: Neuigkeiten

Lieber Jack,
ich habe gedacht, du hättest mir inzwischen vielleicht geantwortet. Aber wahrscheinlich hast du viel zu tun, weil du deine Forschungsarbeiten jetzt ganz alleine machen musst.
Heute hat mich der Professor fotografiert, wie ich die Käfige von den Vögeln und andern Tieren halte. Angeblich mögen die Leute von seiner Stiftung solche Bilder. So können sie zeigen, wie intelligent, einmalig und interessant die Tiere sind und dass sie geschützt werden müssen. Für die Fotos hat er eines von den Klammeräffchen in Babykleider gesteckt, was blöd aussah, finde ich. In solchen Kleidern könnte es doch nie herumtollen, auch wenn es nicht eingesperrt wäre. Ich habe hinterher noch mit dem Kleinen gespielt, damit es sich wieder wohler fühlte.
Selkie geht es heute viel besser, weil sie zum Schwimmen im Pool war, und Fred geht es

auch gut, weil er gestern zum ersten Mal Pizza gegessen hat und ihm Ben heute zum Mittagessen eine ganze Tasche voll Salat mitgebracht hat. Ich habe auch verschiedene Essenssachen probiert. Ben und Erin meinen, ich soll kein Seetang-Sandwich bestellen, weil die Leute das seltsam finden würden und erraten könnten, dass ich ein blinder Passagier bin. Es ist übrigens komisch hier: Wenn du was zu essen willst, musst du es nicht erst machen oder fangen.

Heute habe ich einen Fregattvogel gesehen. Wenn es doch nur Galileo wäre, mit einer Nachricht von dir.

In Liebe (so wie die von Galileo fürs Fischestehlen)

Nim

12

»Ich habe eine Idee«, sagte Nim an dem Tag, nachdem das Schiff durch den Kanalaufzug gefahren war. Der Professor pfiff an diesem Morgen munter vor sich hin, und er musste guter Laune sein, damit sie mit ihrem Plan loslegen konnte. »Sie halten doch jeden Tag einen Vortrag über eine Tierart. Wenn Sie am Mittwoch den Seelöwen-Vortrag halten, könnte der doch wie eine Show sein – wie im Zirkus oder so! Ich könnte Ihnen dabei helfen.«

»Dafür reicht die Zeit nicht. Ich kenne mich besser mit dem Dressieren aus als irgendwer sonst. Es braucht Monate, bis Tiere lernen, auf Kommando Kunststücke zu machen.«

»Aber diese Seelöwin ist furchtbar schlau und der Leguan auch. Ich wette, ich bekäme es hin, alles für Sie vorzubereiten. Am besten ginge das natürlich, wenn ich in einem Schwimmbecken mit ihnen trainieren könnte.«

»Dieses Vieh geht erst dann in den Seelöwen-

Pool«, schnaubte der Professor, »wenn ich sicher sein kann, dass es nicht noch jemanden beißt.«

Hätte sie dich doch bloß fester gebissen!, dachte Nim. »Wahrscheinlich hat sie bloß Angst gehabt«, sagte sie. »Garantiert tut sie das nicht noch mal.«

»Das will ich ihr aber auch geraten haben«, sagte der Professor und warf einen Blick auf seine Peitsche.

»Alle Leute könnten sehen, wie intelligent, einmalig und interessant die beiden sind.«

»Na ja, vielleicht wäre eine Show am Mittwochmorgen wirklich eine gute Sache. Wenn das Tier sich ordentlich aufführt, kann es im Seelöwen-Pool bleiben, bis es verkauft … äh, umgesiedelt ist.«

Umgesiedelt?, dachte Nim und fühlte sich, als hätte sie einen Eimer eiskaltes Wasser geschluckt. Wie soll ich Selkie denn da jemals zurückkriegen? Aber das lassen wir gar nicht erst zu!, erinnerte sie sich selbst. Wir haben noch drei Tage für die Show-Vorbereitungen, dann hauen wir ab.

»Du kannst jeden Nachmittag ein paar Stunden mit ihnen trainieren. Und …« Der Professor unterbrach sich und starrte sie an, als könnte er Gedanken lesen. »Ich rate dir, dass es gut wird!«

»Aber das kann gar nicht gut werden, wenn wir nicht in dem großen Schwimmbecken üben dürfen«, stellte Nim fest, als sie mit Erin und Ben im Kinderklub saß. Sie schnitzten gerade interessante Skulpturen aus Wassermelonen. Kristie hatte vorgeführt, wie man zum Beispiel einen Wikingerkopf oder ein Segelboot schnitzte, und alle hatten eine Wassermelone und ein Kindermesser bekommen. Jetzt konnten sie schnitzen, was sie wollten.

Nim benutzte ihr eigenes scharfes Taschenmesser, um eine Figur von Selkie zu schnitzen. Erin versuchte sich an einer Katze und Ben machte einen Wikingerkopf, der fast so gut war wie der von Kristie.

Fred futterte alles Fruchtfleisch aus einer Melone und machte ein leeres Ruderboot. Alle beklatschten ihn und er kletterte mit einem selbstzufriedenen Grinsen wieder auf Nims Schulter.

»Meint ihr, das könnte ein Kunststück sein?«, fragte Nim.

»Glaub ich nicht«, sagte Erin. »Aber mir ist eingefallen, wie ihr den Pool mit der Wasserrutsche für eure Show nutzen könnt.«

Jack war jetzt schon drei Tage auf seinem Floß unterwegs. Er hatte noch zwei Kokosnüsse und einen halben Kanister mit Wasser, aber sein Körper war inzwischen steif, ihm tat alles weh und er war furchtbar müde. Das Floß war nicht groß und sehr unbequem.

Am Horizont war etwas aufgetaucht, das eine Wolke sein konnte oder … vielleicht die Insel, zu der er wollte? Jack hoffte es sehr. Als er näher kam, wurde das, was er sah, immer deutlicher und wirkte immer weniger wie eine Wolke. Zur Mittagszeit war er sich sicher. Es musste Land sein. Jack richtete die Segel und versuchte den Wind einzufangen.

Da fiel sein Blick auf etwas Leuchtendes. Eine Flasche tanzte auf den Wellen – und da war etwas drin.

Wenn Nim bei ihm gewesen wäre, wären die beiden der Flasche nachgejagt und hätten sie sich geschnappt.

Aber sie hatten noch nie eine Nachricht gefunden. Und außerdem: Wenn Nim bei ihm wäre, wäre er schließlich nicht unterwegs nach Sunshine Island, auf einem Floß aus einem Stück Hüttenwand. Jack ließ die Flasche vorbeischwimmen und segelte weiter, so schnell er konnte.

Alex hatte drei ganze Tage allein in ihrer Kabine verbracht. Sie hatte mit niemanden gesprochen außer mit Virginia, die ihr jeden Morgen ein Glas

Saft brachte und später noch mal zum Putzen kam. »Wie schade, dass es Ihnen immer noch nicht besser geht«, sagte Virginia. »Sie hätten so viel Spaß da draußen unter den Leuten.« Aber die einzigen Menschen, mit denen Alex zusammen sein wollte, waren die, die sie zurückgelassen hatte.

Alex hatte sogar die Vorhänge zugezogen, weil draußen sowieso nichts zu sehen war. Außer den anderen Passagieren, die ab und zu vorbeiliefen, gab es nur die Gestelle mit den Rettungsbooten, und die interessierten sie nun wirklich nicht.

Obwohl es in der Kabine Stifte und Schreibpapier gab, hatte sie die ganze Zeit über kein Wort geschrieben. Zum ersten Mal in ihrem Leben war keine Geschichte in ihrem Kopf.

Und am schlimmsten war, dass ihr das kein bisschen zu schaffen machte.

Von: erin@kidmail.com
An: jack.rusoe@explorer.net
Datum: Sonntag, 4. Juli, 17 Uhr 30
Betreff: Wichtig!

Lieber Jack,
Selkie, Fred und ich wollen eine Vorführung machen und heute Nachmittag haben wir zwei Stunden lang dafür geübt. Ich finde es schrecklich, mit Selkie zusammen zu sein, wenn der Professor dabei ist, weil ich dann so

tun muss, als ob ich sie nicht kenne und ihr irgendwelche Tricks beibringe, obwohl das doch nur unsere Spiele von zu Hause sind. Selkie ist froh, wenn sie aus dem Käfig kann, darum macht es ihr nichts aus. Fred hasst den Professor so sehr, dass er ihn die ganze Zeit böse anstarrt, aber das merkt der Professor nicht mal.
Auf dem Schiff zu sein, ist sehr interessant, doch auf unserer Insel gefällt es mir trotzdem viel besser. Ich hoffe, dass du bald nicht mehr wütend auf mich bist.
In Liebe (so groß wie die von Jack für die Insel)
Nim

»Nichts gekommen für dich«, sagte Erin zu Nim, als sie aus dem Computerraum kam, nachdem sie Nims Mail an Jack losgeschickt hatte. Sie versuchte es klingen zu lassen, als wäre das nicht weiter wichtig. Dabei wusste sie genau, was Nim dachte. Sie machte sich Sorgen, ob Jack nicht schrieb, weil er immer noch wütend auf sie war, oder ob es einen anderen, noch schlimmeren Grund dafür gab.

»Vielleicht vergisst er nur immer, die Batterien aufzuladen«, sagte Nim.

»Kann gut sein«, meinte Erin.

»Oder sein Rechner hat einen Virus«, ergänzte Ben.

»Vielleicht«, sagte Nim.

»Wir haben noch eine Stunde Zeit bis zum Essen«, sagte Ben. »Kommt, wir spielen Spion.«

»Delfin-Deck?«, fragte Erin.

»Schmetterlings-Deck«, sagte Nim und rannte die Treppen hoch. Sie bekam immer einen Vorsprung bei diesem Spiel, weil es für jemanden, der einen Leguan auf der Schulter hat, viel schwerer ist, in der Menge unterzutauchen.

Sie hatte sich das Schmetterlings-Deck ausgesucht, weil die Schmetterlinge die einzigen Tiere an Bord waren, die sie nicht traurig machten. Sie hatten genug Platz zum Herumfliegen und Nim mochte es, wenn sie sich auf ihre Haare oder Arme setzten. Wie in Zeitlupe bewegte sich Nim durch das Schmetterlingsgehege und auch Fred saß ganz still da. Nach einer Weile waren Nims Kopf und Freds Rücken über und über mit Schmetterlingen in leuchtenden Farben bedeckt. Die beiden strahlten vor Glück, und so merkte es nicht einmal das schmusende Hochzeitspaar, das nach der Trauung hier Fotos machen ließ, dass sie gar nicht zu den Hochzeitsgästen gehörten.

13

Auf dem Weg um Sunshine Island herum wurde Jack von allen Seiten angestarrt. Auf seinem Floß segelte er zwischen Jet-Ski-Fahrern mit dröhnenden Motoren, Leuten mit Taucherbrille und Schnorchel und vielen Badenden hindurch bis ins flache Wasser und sogar noch weiter: Er segelte bis hoch auf den Sand, wo er zwischen Badetüchern und Sandburgen zum Stehen kam.

Er holte das Segel ein und verstaute es in seiner Tasche, falls er es später noch brauchen würde. Neugierige Leute versammelten sich um ihn.

»Wo geht's hier zum Flughafen?«, fragte Jack.

Ein Mann deutete die Straße entlang.

Ein anderer machte ein Foto von Jack.

»Das ist zu weit zum Laufen«, sagte ein dritter. »Ich fahr Sie hin.«

Jack folgte dem Mann zu einem Golf-Buggy, der ganz am Ende vom Strand geparkt war, und die Leute wandten sich wieder ihren Badetüchern und Sandburgen zu.

Im Flughafen sagte der Beamte am Ticketschalter: »Sie haben Glück! Morgen früh geht der nächste Flug.«

»Ich muss aber heute schon los!«, protestierte Jack.

»Flüge gibt es nur dienstags und donnerstags.«

Donnerstag!, dachte Jack. Das ist der Tag, an dem Alex und Nim von der Insel verschwunden sind. Falls sie den Flug nicht erwischt haben, müssten sie noch hier sein.

Der Mann mit dem Golf-Buggy kutschierte ihn bis spätabends kreuz und quer über die Insel, aber sie fanden keine Spur von Alex oder Nim.

»Du«, sagte Alex zu sich selbst, während sie im Schneidersitz in ihrer Koje saß und ihr Abendessen verspeiste, »bist ein fauler, träger Sack. Du liegst den ganzen Tag bloß rum. Du bist durch den Panamakanal gefahren und hast nicht mal geguckt. Was ist, wenn du irgendwann was schreiben willst über einen Helden, der sich als blinder Passagier auf einem Ozeanriesen versteckt? Wie willst du das jemals hinkriegen?«

»Genau wie immer«, gab sie sich selbst zur Antwort. »Ich lese, recherchiere und male es mir in meiner Fantasie aus.«

»Aber dein letztes Buch war anders«, sagte Alex. »Das hast du selbst erlebt. Darum ist es auch dein bester Roman – und dazu das Beste überhaupt in deinem Leben.«

Doch bis jetzt hatte sie noch nicht den Mut gehabt, das Buch aufzuschlagen.

Der Kinderklub war um fünf Uhr zu Ende, aber als Erin, Nim und Ben nach dem Abendessen aufs Seelöwen-Deck hochgingen, waren jede Menge Kinder dort. Nim hatte gerade ihr geschmuggeltes Essen verspeist, als ein kleines Mädchen mit Zöpfen Ben auf die Schulter tippte. »Spinne!«, rief sie laut. Schnell wie der Blitz schnappte sich jeder zwei erreichbare Hände, um ein Netz zu bilden. Ben krümmte und wand sich und versuchte hindurchzuschlüpfen. Die anderen hielten sich fest umschlungen, bis das kleine Mädchen mit den Zöpfen auf einmal loskicherte. Da fielen alle Kinder kichernd und kullernd übereinander und balgten sich wie junge Seehunde.

Später am Abend hörte Alex, die das Fenster aufgemacht hatte, um kühle Luft in ihre Kabine zu lassen, Stimmen auf dem Deck. Die Eltern von nebenan unterhielten sich, nachdem sie ihre Kinder ins Bett gebracht hatten. Alex stellte sich vor, wie sie sich gemeinsam über die Reling beugten und das Mondlicht auf den Wellen tanzen sahen.

»Den Kinder scheint es hier an Bord gut zu gefallen«, sagte der Vater. »Sie haben viele neue Freunde gefunden.«

»Und das Essen schmeckt ihnen! Sie laden sich die Teller so voll, dass ich jedes Mal denke, das können sie unmöglich alles schaffen. Aber wenn ich wieder hinsehe, ist alles weg.«

»Die Seeluft macht eben Appetit«, antwortete der Vater.

14

Am nächsten Morgen schlichen sich Nim, Selkie und Fred noch früher zum Schwimmen im Pool mit der Wasserrutsche. Wenn sie zu dritt zusammen waren, kam es ihnen fast vor, als wären sie in Freiheit.

Als sie merkten, dass sich die Schiffsbesatzung langsam zu regen begann, hasteten sie schnell zurück in Selkies Gefängnis. Wenige Augenblicke später ging das Schiff in einem Hafen mit weißem Sand vor Anker.

Nim sperrte Selkie ein und rannte hoch, um den Delfinen im Brunnenbecken einen guten Morgen zu wünschen. Als sie zurück nach unten zu den Tieren kam, wartete der Professor schon ungeduldig darauf, dass sie mit dem Füttern und dem Säubern der Käfige anfing.

Als Nim Selkie umarmen wollte, schimpfte er: »Dafür ist keine Zeit! Gib den Tieren ihr Futter und verschwinde. Ich will dich heute hier nicht sehen.«

»Aber Sie haben doch gesagt, ich könnte am Nachmittag mit den beiden üben.«

»Ich hab's mir anders überlegt. Jetzt mach schon und dann hau ab.«

Seine Augen standen eng beieinander und seine Gesichtszüge wirkten hart, außerdem sah er dauernd zur Peitsche hinüber. Nim fütterte die Tiere und verschwand.

»Alle gehen an Land«, sagte Erin zu Nim. »Wenn du doch bloß mitkommen könntest. Aber die Tickets werden beim Wieder-Einsteigen genau überprüft. Das wäre zu gefährlich.«

»Und es kann sein, dass sie dein Schlauchboot benutzen«, fügte Ben hinzu. »Hast du deine Sachen rausgeholt?«

Nim nickte. Alles war sicher in Erins Schrank verstaut.

»Der Kinderklub hat auch zu«, sagte Erin betrübt. »Am besten bleibst du bei uns in der Kabine.«

Nim musste an Deck auf und ab spazieren, während die Mutter von Erin und Ben immer wieder aus der Kabine raus und rein eilte, um alles für den Tag an Land fertig zu machen. Als Ben und Erin schließlich mit ihrer Familie die Treppe hinunter verschwanden, fühlte sich Nim so leer wie ein Luftballon mit einem Loch.

Kaum eine Sekunde später kam Erin schon wieder den Gang entlanggerannt.

»Ich hab gesagt, ich hätte meinen Sonnenhut vergessen«, keuchte sie ganz außer Puste und schloss eilig die Kabinentür auf. »Auf meinem Bett liegen ein paar Bücher, falls du Lust hast zu lesen, oder du kannst fernsehen. Es gibt auch Papier und jede Menge Filzstifte, damit kannst du Plakate malen. Wenn du doch bloß mitkommen könntest!«

Erin schnappte sich ihren Sonnenhut, rief »Tschüss!« und rannte nach draußen. Zuerst schaute sich Nim die Bücher an. Das eine war *Höhenkoller* von Alex Rover. Nim konnte sich noch gut an das erste Mal erinnern, als sie es gelesen hatte. Damals war sie allein auf der Insel gewesen und Alex hatte eine Mail geschickt, in der sie von Jack etwas über Kokosnüsse wissen wollte. Alex hatte versucht, Nim beizubringen, dass sie nicht der Held aus ihren Geschichten war. Aber Nim hatte nicht glauben wollen, dass alles nur erfunden war. Jetzt fragte sie sich, ob ihr das Buch immer noch so gut gefallen würde, nachdem sie Alex kennengelernt hatte. Alex war kein Held, sondern eine kleine, ängstliche Frau, die um die Welt gesegelt war, um Nim zu helfen, obwohl sie sie nicht einmal kannte.

Sie legte sich auf Erins Bett und begann zu lesen.

Da klopfte es und Ben stürmte herein. »Wir haben's vergessen, dir zu sagen: Im Schreibtisch ist was zu essen für dich!«

Er rannte wieder los. In der Schublade fand Nim ein Vollkorn-Sandwich und einen Apfel.

Fred mochte weder Vollkornbrot noch Äpfel, aber er hatte so viel Hunger, dass er trotzdem etwas abhaben wollte. »Wir finden noch was Besseres für dich«, sagte Nim, obwohl sie nicht wusste, was das sein könnte.

Die beiden duschten und Nim zog die frischen Sachen an, die Erin für sie bereitgelegt hatte. Dann setzte sie sich mit dem Papier und den bunten Filzstiften an den Schreibtisch. Sie zeichnete zweiundzwanzig Plakate für den Seelöwen-Zirkus – zwei für jedes Passagierdeck, und auch sonst machte sie alles so, wie sie es sich mit Erin und Ben ausgedacht hatte. Als die Plakate fertig waren, verstaute sie sie ordentlich in der Schreibtischschublade. Dann ließ sie sich wieder auf Erins Bett fallen, um weiterzulesen.

Klopf, klopf!

Jemand war an der Tür.

Nim blieb mucksmäuschenstill und gab keine Antwort. Fred versteckte sich hinter einer Tischlampe und schlief ein.

Die Tür ging auf, eine Frau in weißer Uniform mit blauer Schürze kam herein. Sie trug einen Staubsauger, einen Wischmopp und einen Eimer. Als sie Nim sah, ließ sie erschrocken den Eimer fallen.

»Herr im Himmel!«, kreischte Virginia. »Haben dich deine Eltern allein hiergelassen?«

Nim nickte, denn die Wahrheit konnte sie schließlich nicht erzählen.

»Bist du krank?«

Nim nickte wieder.

Virginia schüttelte mitleidig den Kopf. »Tut mir leid, ich muss trotzdem sauber machen«, sagte sie. »Aber ich bin ganz leise.«

Sie richtete Bens Bett und bat Nim, sich in einen Sessel zu setzen, während sie ihres frisch bezog. »Ein krankes Kind allein zu lassen!«, hörte Nim sie brummeln. »Das ist doch herzlos.«

Nim dachte an die Eltern von Erin und Ben und ihr Gesicht wurde so heiß und so rot wie die Lava im Vulkanberg. »Mir geht's aber schon viel besser!«

Als Virginia mit dem Putzen fertig war, legte sie Nim die Hand auf die Stirn und meinte, sie solle im Bett bleiben.

Nim nahm sich wieder *Höhenkoller* vor. Sie las im Liegen, sie las im Sitzen und sie las auf dem Boden, mit den Füßen auf dem Bett. Dann übte sie Handstand und Fred übte, von ihrer Schulter bis hoch zu ihren Füßen zu klettern, statt umgekehrt wie sonst. Sie dachten sich sogar ein neues Kunststück aus: Fred machte sich stocksteif und Nim ließ ihn oben auf ihren Füßen herumwirbeln.

Aber keiner kann ewig den Kopf nach unten halten und Leguane durch die Luft wirbeln, also starrte Nim bald durch die Gestelle der Rettungsboote nach draußen auf ein kleines Fleckchen Meeresblau. Ein Fregattvogel segelte vorbei. Sie betrachtete ihn durch ihr Fernglas und war sich fast sicher, dass es Galileo sein musste. »Wenn ich doch bloß rauskönnte! Von hier sehe ich ihn nicht gut genug«, murmelte sie, obwohl sie gar keinen Fisch hatte, um Galileo anzulocken.

Sie las noch ein Kapitel in *Höhenkoller*. Der Held hatte gerade eine Forelle in einem Gebirgsbach gefangen und sie über einem Feuer gebraten.

»Ich hätte den Apfel fürs Mittagessen aufheben sollen«, sagte Nim zu Fred. Fred antwortete ihr mit seinem bösesten Starren, ohne jedes Blinzeln. Er war davon überzeugt, dass Nim irgendwo etwas zu essen auftreiben könnte, wenn sie sich nur genug anstrengte.

»Aber wir können nicht raus«, erklärte sie ihm. »Alle andern sind an Land gegangen, da falle ich zu sehr auf. Die Schiffsbesatzung wird mich fragen, wo meine Eltern sind.«

Da klopfte es wieder an der Tür. Nim warf ein Kissen über Fred und Virginia kam herein, auf Zehenspitzen und mit einem Tablett in der Hand.

»Ich wusste nicht, worauf du Appetit hast«, sagte sie. »Also hab ich dir mal ein paar Brote und Salat gebracht, dazu Obst und Kuchen.«

Das Kissen wackelte. Nim legte ihren Ellbogen darauf. »Danke, das ist sehr nett von Ihnen.«

Sie war froh, etwas sagen zu können, was nicht gelogen war.

»Ich freu mich so, dass es dir langsam besser geht. Die Frau von nebenan ist noch nie aus ihrer Kabine gekommen, die Ärmste!«

Die Kabinen waren hell und es hingen schöne Bilder an den Wänden. Trotzdem, dachte Nim, würde sie verrückt werden, wenn sie die ganze Reise über nur hier drinnen wäre.

»Du siehst aus, als wäre dir langweilig«, sagte Virginia im Hinausgehen. »Soll ich dir den Fernseher anmachen?« Sie reichte Nim die Fernbedienung.

»Danke«, sagte Nim.

Nim hatte beim Spielen mit Erin und Ben in den Salons des Schiffs schon Fernseher gesehen und im Kinderklub auch Videospiele gemacht. Aber sie hatte sich noch nie in ihrem Leben vor einen Fernseher gesetzt, um einen Film mit einer Geschichte anzuschauen. Und eine Fernbedienung hatte sie auch noch nie in der Hand gehabt. Genauso wenig wie Fred. Das Fernsehprogramm war Fred egal, aber es machte ihm Spaß, auf den Knöpfen rumzuturnen. Immer wenn Nim gerade so ungefähr kapierte, was in dem Film los war, schaltete Fred auf einen anderen Sender.

»Hör auf, Fred!«, rief Nim laut.

Fred verkroch sich beleidigt unters Bett und Nim schaltete den Fernseher aus. Sie wollte nicht noch mal schreien und die arme Frau wecken, die krank nebenan lag.

»Jetzt komm wieder raus ... du kriegst auch allen Salat«, redete sie Fred gut zu. Und nachdem er den Salat verputzt und eine ganze Kiwi auf die Bettdecke geniest hatte, war Fred wieder halbwegs gut gelaunt.

Nim las *Höhenkoller* aus und starrte wieder eine Weile lang aus dem Fenster.

Als sie die Motoren der Barkassen und das Trappeln von Passagieren auf der Gangway hörte, rannte sie nach draußen und saugte in tiefen Atemzügen die frische Meeresluft ein.

Nachdem das Schiff wieder in See gestochen war, holte sich Nim ihre Tropentrip-Jacke und rannte hinunter zu den Tieren. Sie wartete draußen vor der Tür, bis der Professor sie hereinließ.

Selkie schnaufte traurig, denn für sie war der Tag noch länger gewesen als für Nim. Länger und auch beängstigender.

Der letzte leere Käfig war jetzt besetzt – mit langen, dicken Schlangen.

Von: erin@kidmail.com
An: jack.rusoe@explorer.net
Datum: Montag, 5. Juli, 19 Uhr 30
Betreff: Sehr wichtig!

Lieber Jack,
vielleicht ist ja der Computer kaputt und du antwortest deshalb nicht. Aber ich denke mir, du wüsstest bestimmt gern, was wir so treiben, darum schreibe ich dir einfach weiter, vielleicht kannst du es dann später lesen.
Heute musste ich den ganzen Tag in der Kabine bleiben, was sehr langweilig war. Aber jetzt verstehe ich noch besser, wie es Selkie und all den andern eingesperrten Tieren gehen muss. Also war es vielleicht doch irgendwie gut.
Erin hat mir ein Perlenarmband gekauft, als

sie an Land war. Es ist sehr schön, und sie hat sich auch eins gekauft, genau das gleiche, also denken wir jetzt immer aneinander, wenn wir sie anhaben. Ben hat Fred und mir eine Kokosnuss mitgebracht, was gut war, weil wir schon Ewigkeiten lang keine Kokosnuss mehr gegessen haben.

In Liebe (so wie die von Fred für Kokosnüsse)

Nim

15

Jack schlief in dieser Nacht bei seinem neuen Freund auf dem Fußboden.

»Wo kommst du denn her?«, lachte der Mann, als Jack den Fernseher anstarrte, als müsste er erst überlegen, was das war. »Du bist doch nicht etwa Robinson Crusoe?«

»Nein, Jack Rusoe.«

Der Mann lachte wieder, aber Jack fand es nicht witzig. Er hatte gerade nach seinen Mails geschaut und in seinem Postfach war keine einzige Nachricht. Nur der Spam-Ordner hatte geblinkt, während alle unnötigen Mails automatisch dorthin verschoben wurden.

Am nächsten Morgen fand Jack heraus, wie er Geld auf der Bank abheben konnte, und flog in einer kleinen Maschine zum Flughafen von Isla Grande.

Er konnte jetzt nur eines tun: Delia Defoe aufsuchen. Sie war nicht nur die Verlegerin von Alex, sondern wahrscheinlich der einzige Mensch auf der Welt, der wusste, wo Alex war.

In dem Flugzeug, das am nächsten Tag nach New York City ging, gab es zum Glück noch einen freien Platz.

»Morgen gibt es einen Seelöwen-Zirkus«, erzählte Virginia Alex, als sie ihr das Frühstück brachte. »Überall auf dem Schiff sind Plakate aufgehängt. Das hört sich doch nett an, oder?«

Wenn Alex Selkie nicht kennengelernt hätte, wäre sie vielleicht auch dieser Meinung gewesen. Aber sie kannte Selkie und bekam auf einmal eine solche Sehnsucht nach ihr, dass sie begriff: Sie würde nie mehr im Leben einen Seelöwen anschauen können, ohne in Tränen auszubrechen. Das war der bisher beste Grund, noch einen weiteren Tag nicht aus der Kabine zu kommen.

Erin hatte Nim und Fred noch früher geweckt als sonst, aber sie waren so begeistert im Pool herumgetollt, dass die Sonne aufgegangen war, bevor sie es merkten. Nim übte gerade Unterwasserschwimmen, und als sie auftauchte, um Luft zu holen, stand ein Steward in einer weißen Uniform am Rand des Beckens und schaute ihr zu.

»Da ist ja ein Seelöwe drin!«, rief er erstaunt.

»Ist doch auch das Seelöwen-Deck«, sagte Nim.

»Aber das hier ein Becken für Menschen.«

»Wir müssen für den Seelöwen-Zirkus üben«, erklärte Nim. »Ab morgen ist das nicht mehr nötig.«

»Morgen ist die Kreuzfahrt doch zu Ende!«

»Genau darum brauchen wir das Becken dann nicht mehr«, sagte Nim.

Der Mann starrte sie noch ein bisschen an, dann zuckte er mit den Schultern und ging weg.

Nim und ihre Freunde kletterten rasch aus dem Schwimmbecken und machten, dass sie nach unten kamen.

»Du hältst dich wohl für furchtbar schlau!«, schnauzte der Professor, als er Nim hereinließ, damit sie die Tiere füttern konnte. »Überall hängen Plakate über einen Seelöwen-Zirkus im großen Swimmingpool. Anscheinend bildest du dir ein, dass ich jetzt gar nicht anders kann und dieses Vieh da reinlassen muss!«

»Da muss ich mich getäuscht haben«, behauptete Nim, obwohl auf den Plakaten genau das stand, was draufstehen sollte. »Hatten Sie es denn anders gemeint?«

»Ich habe gesagt, du könntest sie während meines Vortrags ein paar Tricks vorführen lassen. Dir ist doch sonnenklar, dass das Ganze im Theater stattfinden soll, wie alle meine Vorträge. Ich bin Professor – die Leute erwarten das von mir.«

»Ich hab nur gedacht …«

»Denk lieber dran, was dir und deiner Mutter passiert, wenn du mich an der Nase herumzuführen versuchst. Außerdem wird sich kein Mensch für die Tricks von irgendeinem todlangweiligen Tier interessieren, wenn wir erst mal im Hafen sind. Da musst du dir schon was richtig Tolles einfallen lassen, sonst kommt keiner.«

»Ich habe einen Plan«, sagte Nim. »Und es wird richtig toll.«

»Das mit den Plakaten hat geklappt!«, sagte Nim, als Erin ihr zum Frühstück ein Rührei-Sandwich reichte und Ben Weintrauben in die Luft warf, damit Fred sie auffing. »Wir können die Show so machen, wie wir's uns ausgedacht haben.«

»Also ist heute …«

»… ein Tag, an dem wir tun können, was wir wollen.«

Es fiel ihnen schwer, sich zu entscheiden, denn auch wenn heute ein Tag wie jeder andere auf dem Schiff zu sein schien, war es doch ihr letzter gemeinsamer Tag. Das machte einen großen Unterschied – es war traurig und auch ein bisschen beängstigend.

Fred entschied sich, den Tag im Sprudelbecken zu verbringen. Dort hockte er sich auf die Wasserdüsen, ließ sich erst in die Luft schleudern und paddelte dann übers Wasser, genau wie zu Hause auf der Insel, wo bei den schwarzen Felsen immer wieder eine Wasserfontäne zwischen den Steinen hochschoss.

Ben, Erin und Nim machten zusammen mit den anderen aus dem Kinderklub bei einer Schatzsuche mit. Die Hinweise führten sie kreuz und quer über das Schiff. Als Nim auf das Tukan-Deck kam, sah sie den Tukan mit hängendem Kopf und geschlossenen Augen auf dem Boden seines Käfigs sitzen.

Nim ging in die Hocke und schaute ihn an. Der stirbt ja fast vor lauter Trauer!, dachte sie. Ihr wurde klar, dass es nicht genug war, nur Selkie zu befreien. Alle Tiere auf dem Schiff mussten gerettet werden.

»Halt durch! Wir helfen dir irgendwie«, erklärte

Nim dem unglücklichen Vogel und piepste und krächzte so lange mit ihm, bis er endlich den Kopf hob und sie ansah. Erst als er an seiner zerdrückten Mango herumzupicken begann, richtete sich Nim wieder auf – und da entdeckte sie den Schatz direkt hinter dem Schild mit der Aufschrift *Tukan-Deck*. Es waren Tüten mit Süßigkeiten darin – genug für alle im Kinderklub.

Fred war der Meinung, Süßigkeiten würden ihm schmecken, aber am Schluss wurde ihm schlecht, er musste sich auf den Rücken legen und sich von Nim den Bauch streicheln lassen.

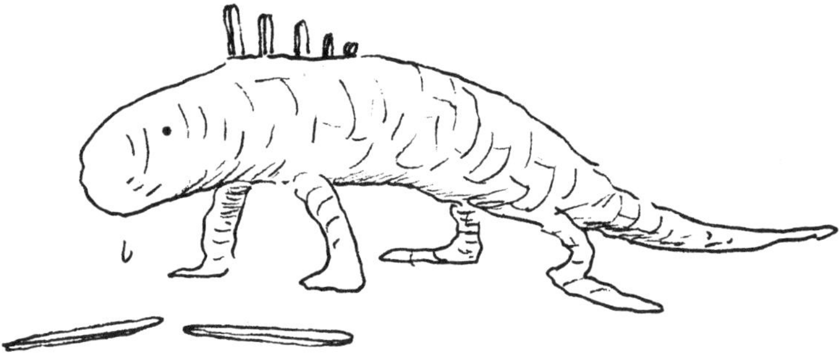

Dann malten Nim und Erin die Pappmaschee-Fische an, die sie zusammen gebastelt hatten, und Ben machte seine Skulptur fertig.

»Großartig!«, sagte Kristie.

»Ja, nicht schlecht«, gab Erin zu.

»Das ist total super!«, sagte Nim.

Aber Fred konnte die Skulptur nicht ausstehen,

denn sie sah genauso aus wie er. Er umkreiste sie und starrte sie zornig an. Dann kletterte er hoch auf Nims Schulter und schoss von dort weiter wütende Blicke ab.

»Damit ich mich an dich erinnern kann, wenn du nicht mehr da bist«, erklärte Ben.

Fred blinzelte nur, aber Nim hätte beinahe weinen müssen.

Später am Nachmittag übten Selkie und Nim unten im Tiergefängnis, wie man Handstand macht, und Fred übte, sich auf Selkies Flossen zu drehen. Das war nicht unbedingt der tollste Trick, aber der Anfang von etwas Größerem.

»Schlaf gut«, flüsterte Nim Selkie zu, als es Zeit war zu gehen. »Morgen ist der große Tag.«

Von: erin@kidmail.com
An: jack.rusoe@explorer.net
Datum: Dienstag, 6. Juli, 17 Uhr 36
Betreff: Das hier musst du unbedingt lesen!

Lieber Jack,
ich habe auch von Alex noch keine Mail bekommen, und falls sie immer noch böse auf mich ist, wird das vielleicht die letzte Mail, die ich dir schreiben kann. Ich weiß nicht, was ich dann tun soll. Aber ich kann mir darüber gerade auch keine Gedanken machen, weil wir erst mal von dem Schiff runterkommen müssen. Manchmal wünsche ich mir, du könntest einfach angesegelt kommen und uns retten. Aber du hast ja kein Boot mehr, also könntest du es auch dann nicht, wenn du nicht böse auf mich wärst.
Der Professor hat mich heute dazu gezwungen, die Ringe an den Füßen der Tauben abzumachen. Aber wenn unser Plan klappt, ist

das nicht schlimm. Außerdem habe ich mir in meinem Notizbuch aufgeschrieben, wie die Vögel gemustert sind, damit wir sie wiedererkennen können. Ich habe mir über alle Tiere hier auf dem Schiff Sachen notiert, weil ich dachte, du willst bestimmt, dass ich das tue.
In den letzten drei Tagen ist ein Fregattvogel dem Schiff gefolgt. Er ist so hoch oben geflogen, dass ich mir nicht sicher sein kann, aber ich glaube, es ist Galileo.
Ich hoffe, dass ich dich und unsere Insel bald wiedersehe.
In Liebe (so wie die von Selkie zum Tauchen)
Nim

Weil es der letzte Tag der Kreuzfahrt war, gab es abends für alle aus dem Kinderklub eine Abschiedsfeier, und so konnte Nim zum ersten Mal zusammen mit ihren Freunden im Speisesaal essen. Sie lieh sich einen Rock und ein Oberteil von Erin und kämmte ihren wilden Haarschopf, bis er halbwegs ordentlich war.

Fred war so müde, dass er unter Bens Bett krabbelte und ein Nickerchen machte.

»Bist du sicher, dass du nicht mitkommen willst?«, fragte Nim, aber Fred blinzelte nur und döste wieder ein.

Nim fühlte sich seltsam ohne Fred auf der Schulter, so leicht und leer. Aber auf diese Art war es viel einfacher, wie alle anderen auszusehen. Und das war wichtig, denn nach dem Abendessen mit dem Kinderklub würde Nim bei Erin und Ben in der Kabine schlafen.

»Hat dein Vater nichts dagegen, dass du bei uns übernachtest?«, fragte deren Mutter.

»Nein«, sagte Nim. Sie hatte nicht den Eindruck, dass es Jack besonders kümmerte, was sie tat. Aber falls doch, fand er es bestimmt besser, wenn sie in einer Kabine schlief statt in einem Rettungsboot.

Erin lieh ihr einen Schlafanzug und sie kuschelten sich im Bett dicht aneinander. Fred blieb unter Bens Bett. Nim wusste nicht, ob das eine Art Abschiedsgruß an Ben sein sollte oder ob Fred einfach nur zu fest schlief, um sich zu bewegen.

Sie lagen im Dunkeln und unterhielten sich. Keiner von ihnen wollte an den nächsten Tag denken, aber auch so gab es genug Dinge, über die sie reden konnten. Irgendwann kamen Mr und Mrs Caritas, um Gute Nacht zu sagen.

»Schlaft bald, ja?«, meinte Mr Caritas. »Morgen ist ein großer Tag. Wohnst du in New York, Nim?«

»Nein«, antwortete Nim, »ich bin zum ersten Mal da.«

»Es gefällt dir bestimmt! Aber unser Urlaub ist dann vorbei. Wir fahren direkt zum Flughafen und fliegen zurück nach Hause.«

Die Mutter beugte sich vor und gab Erin einen Kuss, dann küsste sie auch Nim. Es war genau wie bei Alex, wenn die ihr einen Gute-Nacht-Kuss gegeben hatte.

»Alex!«, seufzte Nim in die Dunkelheit hinein. Sie wollte Alex gerne einen Gedanken senden, aber sie konnte das, was ihr auf dem Herzen lag, nicht ordnen. So schickte sie ihr einfach einen Gruß, in dem Liebe, Traurigkeit und Hoffnung wild durcheinanderpurzelten.

Bens Stimme verklang nach und nach und ging in ein sachtes Schnarchen über, aber Erin und Nim flüsterten immer weiter miteinander.

Da öffnete sich leise die Tür. »Ihr müsst jetzt wirklich schlafen«, sagte Erins Mutter, »oder Nim muss zurück zu ihrem Vater.«

»Genau das willst du doch!«, flüsterte Erin, als die Tür wieder ins Schloss gefallen war, und die beiden mussten kichern. Sie kicherten so sehr, dass sie sich Kissen übers Gesicht legen mussten, dann schlief Erin irgendwann ein.

Alex hörte Nims Ruf – und dann hörte sie ihr Kichern. Sie war auf einen Schlag hellwach und stürmte zur Tür, bevor ihr klar wurde, dass sie wieder einmal geträumt haben musste.

Aber es hat so echt geklungen!, dachte sie.

»Nim!«, seufzte sie in die Nacht hinein, aber nicht

mal in ihrem eigenen Kopf bekam sie eine Ordnung in all das, was sie Nim gern gesagt hätte. So schickte sie ihr einfach einen Gruß, in dem Liebe, Traurigkeit und Hoffnung wild durcheinanderpurzelten.

Schließlich hörte Nim auf, sich Sorgen zu machen und herumzugrübeln, und bald war sie eingeschlafen.

16

Nim umarmte Erin und Ben zum Abschied. Sie würden sich nachher noch sehen, aber dann gab es keine Gelegenheit mehr, miteinander zu sprechen. Nim schenkte Ben ihren grünen Stein und Erin den Bambusbecher – die Sachen, die in ihren Hosentaschen gewesen waren, als sie die Klippe heruntergesprungen war. Ganz zum Schluss gab sie Ben die Bänder von den Vögeln, die Tropentrip-Jacke und (das war am wichtigsten) den Schlüssel.

Dann zog sie ihre eigenen Kleider an – das blitzblaue Hemd und die rote Schlabberhose mit den eingelassenen Kordeln und den nützlichen Taschen – und stieg hinunter zu den Tieren. Sie brachte ihnen Frühstück und liebkoste sie. Nim wollte ihre eigene Hoffnung gern an die Tiere weitergeben. »Bald werdet ihr frei sein!«, versprach sie ihnen.

Gegen neun Uhr flatterten in ihrem Bauch mehr Schmetterlinge als auf dem ganzen Schmetterlings-Deck. Es war Zeit für den Zirkus.

Der Professor nahm seine Peitsche.

»Sie brauchen die Peitsche nicht«, sagte Nim mutig. »Die Erwachsenen finden so was nicht gut und die Kinder kriegen nur Angst.«

Der Professor ließ die Peitsche warnend knallen. »Dann halte du die Tiere im Zaum. Die Peitsche bleibt für alle Fälle griffbereit.«

Damit ihr nicht jedes Schimpfwort, das sie jemals gehört hatte, über die Lippen kam, kniff Nim den Mund zu, bis ihr die Zähne wehtaten.

»Selkie, lauf!«, befahl sie. »Fred, hinterher!«

»Entschuldigung«, flüsterte sie auf dem Weg den Gang entlang. »Wenn dieser Tag vorbei ist, werd ich *nie mehr* so mit euch sprechen!«

Selkie blickte sie mit schiefgelegtem Kopf an und Nim wusste, dass sie verstanden hatte. Aber Fred tapste grimmig hinter ihnen her und guckte so böse, wie ein Leguan nur gucken kann.

Im Fahrstuhl drückten sie sich eng aneinander, denn keiner wollte nah bei dem Professor und seiner Peitsche sein. Er stieg auf dem Seelöwen-Deck aus, aber Nim, Selkie und Fred fuhren weiter bis zum Flamingo-Deck, wo vor dem Café extra für die Seelöwen-Show Stuhlreihen aufgebaut waren. Man konnte oben rings um die Wasserrutsche sitzen und wie von einem Theaterbalkon hinunterschauen in den Pool.

Jeder Stuhl war besetzt, und als Nim nach unten blickte, sah sie auch rund um das Wasserbecken

Zuschauer sitzen, und hinter ihnen standen noch mehr, bis hin zur Reling. Nim hätte nicht gedacht, dass überhaupt so viele Menschen auf das Schiff passten. Einen Moment lang wollte sie sich am liebsten umdrehen und wegrennen. Fred vergaß vor lauter Aufregung ganz, dass er beleidigt war, und raste an ihrem Bein hoch auf ihre Schulter.

Dann gingen die drei Freunde durch das Café zum oberen Ende der Rutsche.

Fred rieb seinen stacheligen Kopf an Nims Kinn. Nim legte ihre Hand auf Selkies Schulter. Sie waren bereit. Sie schauten nach unten und sahen den Professor auf einer Bühne neben dem Swimmingpool stehen.

»Meine Damen und Herren!«, rief er. »Anstelle meines üblichen Morgenvortrags werde ich Ihnen heute den Erfolg meiner Arbeit demonstrieren. Es ist mir gelungen, einen Seehund und eine Eidechse so perfekt zu dressieren, dass sogar ein Kind die Show vorführen kann!«

Dutzende von Kindern wedelten mit den Händen und schrien: »Hier! Ich will! Nehmen Sie mich!«

Der Professor beachtete sie nicht weiter, sondern setzte sich auf einen Stuhl, die Peitsche über den Knien. »Wehe, das wird nicht großartig«, brummte er.

Fred zischte über die Wasserrutsche ins Schwimmbecken. Nim folgte – und dann rauschte Selkie all die vielen Kurven hinunter und landete mit einem derart satten, lauten *WUMMS* im Becken, dass eine Flutwelle alles ringsum unter Wasser setzte. Die Zuschauer quiekten, klatschten und jubelten. In den ersten drei Reihen waren alle patschnass geworden.

Nim kletterte aus dem Schwimmbecken auf die vordere Bühne. Sie atmete tief durch und fragte sich, ob ihr die Stimme überhaupt gehorchen würde.

Da sah sie Erin und Ben vorne in der ersten Reihe – und neben und hinter ihnen entdeckte sie alle ihre Freunde aus dem Kinderklub. Plötzlich wusste sie, sie würde es schaffen.

»Meine Damen und Herren!«, rief sie. »Darf ich Ihnen meine Seelöwen-Freundin vorstellen: *Selkie!*«

Selkie robbte aus dem Pool und verbeugte sich

erst nach links, dann nach rechts und schließlich nach vorne. Jeder im Publikum bekam das Gefühl, sie hätte sich extra für ihn verbeugt.

»Und hier«, fuhr Nim fort, »sehen Sie den schönsten, witzigsten und schlausten Leguan der ganzen Welt: *Fred!*«

Fred musste erst mühsam die Treppen hochwatscheln und auf Nims Schulter klettern, bevor er dem Publikum zunicken konnte. Aber als er das geschafft hatte, klatschten Erin und Ben derart laut, dass alle anderen mitmachten.

»Standbild!«, rief Nim, woraufhin sich Selkie hoch aufrichtete und so regungslos dastand wie die Seelöwen auf dem Schachbrett.

Nim warf Selkie vier Fische zu, die sie mit Bravour auffing. Fred fing Salat und Obststückchen.

»Hurra, Fred!«, jubelten alle Kinder.

Selkie küsste Erin und Fred nieste Ben ins Gesicht.

»Igitt, Fred!«, riefen die Kinder und lachten und klatschten.

Selkie, Nim und Fred sprangen wieder ins Wasser und spielten Kokosnuss-Fußball, diesmal mit einem Ball statt mit einer Kokosnuss.

»Bravo!«, rief das Publikum.

Das Schiff bewegte sich langsam durch eine Meerenge zwischen Festland und Inseln. Hoch oben am Himmel war ein dunkler Fleck zu sehen, der vielleicht, vielleicht ein Fregattvogel sein konnte.

»Werft den Ball hierher!«, schrien alle Kinder, bis der Professor von seinem Stuhl aufstand und sie böse anguckte.

Nim hüpfte aus dem Schwimmbecken und warf einen Gummiring ins Wasser. Fred schoss nach unten und holte ihn auf der Nase zurück an die Oberfläche. Selkie warf ihn zu Nim zurück.

»Werfen Sie irgendwas ins Wasser!«, rief Nim. »Die zwei fangen es auf!«

Ein Junge schleuderte seine Uhr hinein. »Die ist wasserdicht!«, rief er, und die Menge jubelte, als Selkie sie zurückschleuderte.

Nim blickte Erin an. Die nickte und warf eine Banane.

Fred schnappte sie sich, Selkie wirbelte sie hoch – und Fred verschlang sie mit einem Bissen.

»Hurra, Fred!«, jubelte Kelvin. Er wollte Fred immer noch nicht anfassen, aber er war doch froh, ihn gerettet zu haben.

Aus dem Augenwinkel beobachtete Nim, wie Ben sich aus der Menge davonstahl, die Treppen hinunterlief und sich noch im Rennen die Tropentrip-Jacke überstreifte.

Sie sah auch, dass der schwarze Fleck am Himmel näher gekommen war und eindeutig die Form eines Fregattvogels hatte.

In dem Eimer war nur noch ein einziger Fisch.

Aber dann zog Erin den Korb mit Pappmaschee-Fischen hervor, die sie und Nim gemacht hatten.

Den ersten wirbelte sie in einem hohen Bogen zu Nim. Die fing ihn auf und warf ihn auf die gleiche Art zu Selkie hinüber, die ihn in Freds Richtung schleuderte. Und der schleuderte den Fisch genau im gleichen Moment Nim zu, in dem Erin den nächsten Fisch für Selkie in die Luft wirbelte.

Der Professor erhob sich und machte ein Foto, die Peitsche fest unter den Arm geklemmt.

Nim warf ihm den Fisch zu.

Die Menge schnappte nach Luft, als genau in diesem Moment ein riesiger schwarzer Vogel vom Himmel herabschoss – seine ausgebreiteten Flügel mussten länger sein, als der Professor groß war. Der Vogel fing den Pappmaschee-Fisch. Auch der Professor schnappte nach Luft und zog den Kopf ein, als der linke Flügel sein Gesicht streifte. Fast im selben Moment schlüpfte der Vogel durch die hinunterbaumelnde Peitschenschlaufe.

»Und das, verehrtes Publikum, ist *Galileo!*«, rief Nim und warf ihm den letzten echten Fisch als Belohnung zu.

Galileo ließ den Pappmaschee-Fisch auf den Kopf des Professors fallen, fing den echten Fisch auf und hob sich wieder hoch in die Luft, wobei die Peitsche vor seiner leuchtend roten Brust herumtanzte – bis sie sich löste und ins kalte Wasser des New Yorker Hafens fiel.

Der Professor tobte vor Wut. Er war dermaßen außer sich, dass er vergaß, so zu tun, als ob er die Show leiten würde.

»Wenn das Absicht war …«, brüllte er Nim an.

Selkie machte einen gewaltigen Sprung und ließ sich mit Karacho vor ihm ins Wasser fallen, sodass die Leute in den ersten Reihen schon wieder nass gespritzt wurden. Der Professor stand in einer Wasserpfütze, tropfend von Kopf bis Fuß.

»Ich warne euch!«, kreischte er.

»Benimm dich, Selkie!«, sagte Nim und warf ihr wieder den Ball zu.

Selkie schnellte hoch und schleuderte dem Professor den Ball mit voller Wucht entgegen. Der warf die Arme in die Höhe, um den Ball abzufangen, rutschte dabei aber in der Pfütze aus und knallte auf den Hintern.

Fred kletterte auf Selkies Kopf und nieste dem Professor ins Gesicht.

Das Publikum lachte und applaudierte, als wäre das hier eine lustige Clownsnummer.

»Böse Selkie!«, sagte Nim liebevoll. »Böser Fred!«

»Igitt, Fred!«, riefen die Kinder schadenfroh.

Selkie schnaubte und schlug die Flossen vors Gesicht, als würde sie weinen.

Das Publikum jubelte noch lauter.

Der Professor zog die Augen zusammen und lief rot an. »Die Show ist zu Ende!«, brüllte er.

Gerade fuhr das Schiff unter einer Brücke durch. Das Land war jetzt schon so nah, dass man die Würfel und Rechtecke der Gebäude genau erkennen konnte, aber es war noch ein Stück zu fahren.

»Zugabe!«, rief Erin und alle Zuschauer fielen mit ein. »Zugabe, Zugabe! Mehr, mehr, mehr!«

Nim blies in ihre Pfeifmuschel. Selkie hievte sich aus dem Schwimmbecken und auch Fred turnte an den Rand.

»Ich hab gesagt, die Show ist vorbei!«, brüllte der Professor.

»Zugabe, Zugabe!«, brüllte das Publikum.

Selkie und Fred kletterten auf die Bühne.

Nim blies wieder in ihre Pfeifmuschel. Daraufhin hüpfte Selkie ins Wasser und rollte und wirbelte so wild im Becken herum, als wollte sie sich für das Abenteuer ihres Lebens bereit machen. Nim sprang zu ihr ins Wasser, Selkie tauchte unter ihr durch und ließ Nim auf ihrem Rücken reiten.

Nim blies wieder in ihre Pfeifmuschel und da hüpfte auch Fred wieder ins Wasser. Er landete direkt auf Selkies Rücken und kletterte von dort hoch auf Nims Schulter.

Das Publikum johlte und klatschte, der Professor guckte finster vor sich hin und Nim, Selkie und Fred kletterten aus dem Schwimmbecken.

Das Schiff wurde noch langsamer.

Der Professor kam auf Nim zu. Seine Augen blitzten wie Messer. »Die Tiere müssen zurück in ihre Käfige«, raunzte er. »Schaff sie zum Fahrstuhl!«

Nim, Selkie und Fred bewegten sich in die entsprechende Richtung, aber ganz, ganz langsam.

»Wartet!«, schrie Erin. »Ich will Selkie zum Abschied streicheln!«

»Und Fred auch!«

»Wir wollen Selkie streicheln!«

»Ich auch, ich auch!«

Fred kletterte wieder auf Nims Schulter, als die Kinder sie umringten, Selkie tätschelten und liebkosten und Nim umarmten. Auch einige Erwachsene machten mit, und ein paar, die nicht nah genug an Nim herankamen, gaben Erin Geld für sie. »Eine so tolle Show ist jedes Trinkgeld wert!«, meinte eine patschnasse Frau.

Erin schob Nim die Scheine in ihre besonders sichere Hosentasche und flüsterte dann dem kleinen Mädchen mit den Zöpfen etwas zu. Das Mädchen rannte zum Professor und klopfte ihm auf den Rücken. »Spinne!«, rief sie laut.

Da hüpften Erin und Nim in den Fahrstuhl.

Während die Türen sich schlossen, sah Nim, wie ein Gewimmel von Kindern quiekend und kreischend zur linken Reling wogte, den Professor in ihrer Mitte. Er fauchte vor Wut und war so sicher eingesperrt wie in einem Käfig.

Nim drückte den Knopf für das Delfin-Deck, die tiefste Ebene mit einem Außendeck. Der Fahrstuhl hielt an.

»Bereit?«, fragte Erin.

Nim nickte, sprechen konnte sie nicht.

Erin stürmte durch die Fahrstuhltür und rannte auf die linke Seite des Schiffs. »Die Freiheitsstatue!«, schrie sie. »Guckt euch all die Vögel um die Freiheitsstatue an!«

Hier auf diesem Deck waren kaum Passagiere, die meisten hatten ohnehin nach links zu der großen grünen Statue geschaut. Nun richteten alle ihren Blick auf einen Schwarm leuchtender, bunter Vögel: Papageien, Regenbogentauben, Adler – auch ein Tukan war dabei – stiegen unter der Führung eines großen Fregattvogels in den bewölkten Himmel und umkreisten die hochgereckte Fackel der Statue.

Niemand blickte in die andere Richtung. Wenn es jemand getan hätte, hätte er vielleicht gesehen, wie ein Seelöwe und ein Mädchen mit einem Leguan auf der Schulter aus dem Fahrstuhl schlüpften und auf die rechte Seite des Schiffs huschten.

Und alle verpassten das großartigste Kunststück überhaupt. Sie verpassten, wie Selkie auf einen Liegestuhl robbte und auf der Reling ihren allerbesten Flossenstand vollführte. Sie verpassten, wie Fred auf Selkie kletterte und von seinem ganz persönlichen Sprungbrett hochgehoben wurde, als sie sich in einem hohen Bogen über die Reling des Schiffs nach unten stürzte, nach unten, nach unten, immer weiter nach unten, bis ins Wasser des Hafens von New York.

Und sie verpassten, wie Nim den tiefsten Atemzug ihres Lebens nahm und den beiden hinterhersprang.

17

Das Wasser war kalt wie Eis. Nim ließ einen Schrei los, als sie in die wirbelnden Wellen tauchte, die sich hinter dem Schiff herzogen. Aber im nächsten Moment war schon Selkies kraftvoller und robuster Körper unter ihr und schubste sie sanft durch das schummrige Grau nach oben.

Nim spuckte kaltes Wasser und atmete warme Luft. Nachdem Fred auf ihre Schulter geklettert war, machte sie es sich auf Selkies Rücken bequem und schlang die Arme um den Hals der Seelöwin. Das Schiff war inzwischen schon ein ganzes Stück von ihnen entfernt. Selkie konnte zwar schneller schwimmen, als die meisten Segelboote fuhren, aber mit Nim auf dem Rücken war sie langsamer. Bis zum Ufer war es immer noch sehr weit.

Links von Nim ragte die Statue einer riesigen grünen Frau auf, um deren Fackel verwirrte Tropenvögel kreisten. Daneben gab es eine andere kleine Insel, auf der rechteckige, aus roten Backsteinen gebaute Häuser standen. Direkt vor ihnen lag die gigantische Inselstadt, zu der sie wollten: eine Insel mit glänzenden grauen Türmen, die so hoch waren wie das Schiff lang. Diese Insel war so verschieden von Nims Insel, wie das irgendein Ort auf der Welt nur sein konnte.

»Du«, sagte Alex beim Aufwachen zu sich selbst, »bist die verdrehteste, wirrköpfigste und schwachsinnigste Person auf der ganzen Welt.«

Alex stimmte sich zu.

»Du hast in einem Paradies gelebt, mit Menschen, die du liebst, und du bist weggerannt.«

»Das ist das Schlimmste, was ich jemals getan habe«, bestätigte Alex sich selbst.

»Und was willst du in dieser Sache unternehmen?«

»Zurückfahren«, antwortete Alex sich selbst. »So schnell wie möglich zurückfahren, mich entschuldigen und alles wieder in Ordnung bringen.«

»Fährst du sofort zum Flughafen, wenn du von Bord gegangen bist?«

Alex dachte kurz nach. »Erst muss ich zu Delia.«

Auf der anderen Seite der Erde lag Jack auf dem Flughafen von Isla Grande im Tiefschlaf auf dem Boden, lang ausgestreckt hinter einer Reihe von Stühlen. Das war fast so unbequem wie auf dem Floß, aber Jack wollte den Flughafen nicht verlassen, denn er durfte das Flugzeug auf keinen Fall verpassen. Nichts auf der Welt würde ihn davon abhalten, Nim und Alex zu finden.

Nim wäre nie auf die Idee gekommen, dass es irgendwo so viele Boote geben könnte. Vor dem Schiff der Tropentrip-Touristen waren noch drei weitere große Kreuzfahrtschiffe, daneben sah sie kastenförmige, orangefarbene Fähren, leuchtend gelbe, kleine Wassertaxis, schnittige Jachten und mindestens ein Dutzend Segelboote. Kleine Flugzeuge schossen hin und her und ein Hubschrauber knatterte derart ohrenbetäubend, dass Selkie Nim auf ihrem Rücken vergaß und nach unten abtauchte. Nim und Fred waren so überrascht, dass sie ein Stück von ihr weggetrieben wurden. Auf einmal schienen die Wellen höher und die Strömung stärker – und Nim fror schlimmer und war müder als je zuvor in ihrem Leben.

»Selkie«, rief sie. »Komm zurück!«

Selkie glitt von unten hoch und bellte entschuldigend, als Nim und Fred sich wieder auf sie setzten.

Die Gebäude auf der Insel rückten näher heran und wurden dabei immer größer. Sie wirkten so hoch wie der Vulkanberg und standen so eng nebeneinander, dass Nim sich fragte, wie überhaupt Menschen dazwischenpassten.

Ein Motorboot rauschte dröhnend vorbei. Selkie wich ihm aus, aber gleich dahinter kamen zwei Segelboote, denen eine ganze Flotte weiterer Segelboote hinterherjagte. Mittendurch flitzte ein gelbes Wassertaxi.

»Wir müssen hier weg!«, rief Nim.

Selkie drehte nach rechts ab, weg von den dahinjagenden Segelbooten. Dort fuhr ein kleiner, weißgrauer Schlepper mit roten Streifen. Er sah dick und gemütlich aus. Egal wohin Selkie sich wandte, der Schlepper tuckerte immer direkt auf sie zu. Jetzt wurde er langsamer.

Am Bug stand ein wild winkender Mann, zwei andere Männer rannten zu den Rettungsringen.

»Halt durch!«, rief der Kapitän durch einen Lautsprecher am Steuerhaus. »Wir sind gleich bei dir!«

Seit Nim denken konnte, waren Selkie und sie die besten Freundinnen gewesen. Jede wusste immer genau, wie es der anderen gerade ging. Jetzt war ihnen beiden klar, dass sie es ohne Hilfe womöglich nie bis ans Ufer schaffen würden.

»Wenn die uns ins Gefängnis stecken wollen, müssen wir einfach noch mal ausbrechen!«, erklärte Nim Selkie und Fred, auch wenn das mutiger klang, als sie sich fühlte.

Der Schlepper war jetzt fast bei ihnen angekommen. Die Männer warfen die Rettungsringe ins Wasser; der jüngste von ihnen schlüpfte aus Jacke und Schuhen und sprang selbst hinein. Nim glitt von Selkie herunter, Fred schlüpfte von

ihrer Schulter und alle drei schwammen auf das Schiff zu.

»Hier drüben!«, schrie einer der Männer und rannte zum hinteren, flachen Ende des Schleppers. »Daniel, bring sie ans Heck.«

»Mach ich«, rief der junge Mann, während er mit äußerster Anstrengung auf Nim zuschwamm. »Hab keine Angst! Ich bin gleich bei dir!«

Mit Daniel auf ihrer linken Seite und Selkie auf ihrer rechten schwamm Nim auf den Schlepper zu.

Die zwei Männer an Deck warfen sich auf den Boden und streckten die Arme nach Nim aus. Sie griff danach und die Männer zogen sie hoch an Bord. Daniel kam hinterher. Nim hustete und prustete, sie zitterte und ihre Zähne klapperten so sehr, dass sie kaum sprechen konnte. »Bitte, holt Fred auch raus!«

Daniel rannte zum Schiffsrand. »Ist da denn noch jemand im Wasser?«

Nim zeigte es ihm. Fred hockte oben auf einem Rettungsring.

»Das ist Fred?«, fragte Daniel, der auch ein wenig zitterte. »Ich nehme an, er kann sich nicht einfach am Rettungsring festhalten, wenn wir ihn wieder aufs Schiff ziehen?«

Nim schüttelte den Kopf.

»Na ja«, sagte Daniel und machte sich bereit, zurück ins Wasser zu springen. »Ich hoffe nur, Fred weiß das zu schätzen!«

Aber genau in diesem Moment tauchte Selkie unter Fred hoch und kickte ihn wie einen Fußball aufs Deck hinauf. Dann vollführte sie einen mächtigen Satz und donnerte direkt neben Fred selbst aufs Boot.

Der ältere Mann kam mit einer Decke aus dem Steuerhaus und wickelte Nim fürsorglich darin ein. »Das sind also deine Freunde, was?«, fragte er, als Fred auf Nims Schulter hinaufwatschelte und Selkie sich schützend hinter die beiden legte.

Nim nickte.

»Okay. Denn sonst hätte sich dieser Seelöwe ziemlich verirrt, von demLeguan ganz zu schweigen. Erzähl mal, was ist denn passiert?«

»Ich bin von einem Boot gefallen«, sagte Nim und deutete vage in die Richtung der entschwindenden Segelboote.

»Du bist von einem Boot gefallen, ohne dass es jemand gemerkt hat?«

Nim nickte, immer noch mit klappernden Zähnen.

»Hm. Das ist aber nicht die ganze Geschichte, oder?«

»Nein«, antwortete Nim ehrlich.

»Na ja, jetzt sehen wir erst mal zu, dass dir wieder warm wird, und dann überlegen wir, wie es weitergeht. Wie wär's mit einem heißem Kakao? Und Daniel, du bist der Dünnste von uns – hol ihr doch eins von deinen T-Shirts, damit wir ihre Kleider trocknen können.«

Nim ging in die Kabine und zog sich um. Daniels T-Shirt reichte ihr bis an die Knie wie ein Kleid. Ihre eigenen Sachen hängte sie zum Trocknen an eine Wäscheleine in die Sonne.

»Also«, sagte der ältere Mann, als Nim wieder da war. »Lass uns mit den Namen anfangen. Du kannst mich Ivan nennen, und wie heißt du?«

»Nim Rusoe.«

»Und wo sind deine Eltern, Nim Rusoe? Wen soll ich anrufen mit der Nachricht, dass wir dich aus dem Hafen gefischt haben und du abgeholt werden sollst?«

»Meine Mutter lebt nicht mehr«, sagte Nim. »Und meinen Vater können Sie nicht anrufen. Aber ich bin auf der Suche nach meiner Freundin Alex Rover.«

»Alex Rover, so wie der Autor?«, fragte Ivan.

»Nim, so wie das Mädchen in Alex Rovers neuem Buch?«, fragte Daniel und zeigte auf ein Wassertaxi, das gerade aufs Ufer zudüste. Seitlich am Schiff prangte ein großes Plakat mit einem Mädchen auf einer Palme, das sich ein Fernglas vor die Augen hielt und einen Leguan auf der Schulter sitzen hatte. Unter ihr tauchte ein Seelöwe in das blaue Wasser einer Bucht. *Nims Insel* stand in riesigen Buchstaben über dem Bild und *Das neueste Buch von ALEX ROVER* stand in noch viel größeren Buchstaben darunter.

Nims Kopf konnte nicht begreifen, was ihre Augen sahen. Es kam ihr vor, als würde sie in ihren Teich daheim auf der Insel schauen und dort ein seltsames Spiegelbild sehen, das zu ihr zurückschaute.

»Ja«, flüsterte sie. »Das bin ich.«

18

Jack schaute am Flughafen noch mal seine E-Mails durch, bevor er an Bord ging. Er hatte immer noch keine Nachricht von Alex oder Nim. Anfangs hatte Jack nicht gewusst, ob seine Wut größer war oder seine Angst. Jetzt war es ganz klar: Er fürchtete sich entsetzlich. Weil das alles keinen Sinn ergab. Alex hätte Nim niemals mitgenommen, ohne mit ihm zu sprechen. Und Nim würde niemals weggehen, ohne ihm etwas zu sagen.

Aber was konnte sonst passiert sein? Hatte der Pilot des Versorgungsflugzeugs die beiden entführt? Vielleicht reiste Jack gerade durch die ganze Welt, um sie zu finden, dabei waren sie immer noch in der Nähe der Insel?

Sollte er gleich mit dem nächsten Flugzeug wieder zurück nach Hause fliegen, kaum dass er gelandet war?

»Wenn ich schon so weit gekommen bin«, beschloss er, »suche ich sie jetzt erst mal in der Stadt.«

Doch als das Flugzeug über die Startbahn jagte,

fiel Jack plötzlich etwas ein: Sein Mail-Programm sortierte automatisch alle Nachrichten aus, deren Absender nicht in seinem Adressordner verzeichnet waren und in deren Betreffzeile nicht »Forschungsprojekt« oder »Biologie« stand. Und der Spam-Ordner hatte jedes Mal geblinkt, wenn er seine E-Mails abgerufen hatte.

Alex und Nim wussten nichts von dieser Einstellung.

Vielleicht ist in Wirklichkeit eine Nachricht von ihnen im Spam-Ordner, genau in diesem Moment!, überlegte Jack bitter.

Aber er würde warten müssen, bis das Flugzeug gelandet war, bevor er nachschauen konnte.

Ivan wollte gerade Delia Defoe anrufen und ihr von Nim erzählen, da kam ein Funkruf. Ein großes Kreuzfahrtschiff brauchte ein Schleppboot, das es den Hudson River hoch zum vorgesehenen Dock brachte.

»Ich denke, wir könnten dich dorthin mitnehmen«, sagte Ivan. »Vielleicht kann dich jemand am Anleger für Kreuzfahrtschiffe abholen.«

»Nein!«, schrie Nim auf. »Auf gar keinen Fall geh ich in die Nähe von einem Kreuzfahrtschiff!«

Ivan sah sie mit wissendem Blick an. »Sieht so aus, als müsstest du uns auch noch den Rest deiner Geschichte erzählen, liebe Nim.«

»Auf dem Schiff ist ein Professor. Er hat Selkie entführt und Fred wollte er auch haben. Er hat gesagt, es gibt ein Gesetz dafür – diese Stiftung für intelligente, einmalige und interessante Tiere darf das tun. Aber Selkie und ich sind schon so lange Freunde, seit meinem dritten Lebensjahr, und Fred gehört zu uns, seit er aus dem Ei geschlüpft ist … Die beiden können keiner Stiftung gehören und zu irgendwelchen Leuten geschickt werden, die sie erforschen wollen. Das geht einfach nicht.«

»Also bist du von Bord gesprungen, um sie zu retten?«

Nim nickte.

Daniel pfiff durch die Zähne.

»Tja«, sagte Ivan. »Du hast den Mut, das zu tun, wovon du überzeugt bist, das ist mal klar. Und wir haben wohl kaum eine andere Wahl, als dich dorthin zu bringen, wo du hinwillst – samt Seelöwin und Leguan. Um diesen Professor und seine Stiftung wird sich die Polizei kümmern müssen, aber bis alles geklärt ist, helfen wir dir, ihm aus dem Weg zu gehen.«

»Wir könnten dich irgendwo anders absetzen«, schlug Daniel vor. »Falls dich jemand abholen kommt.«

Ivan rief beim Papyrus-Verlag an. Als er darum bat, Delia Defoe zu sprechen, wurde er mit einem Anrufbeantworter verbunden, und als er bei einem zweiten Anruf erklärte, er habe Nim an Bord und sie müsse unbedingt Alex Rover finden, landete er bei einer Bandansage, die alle Werbemaßnahmen für das neue Buch von Alex Rover herunterspulte. Beim dritten Versuch schilderte er noch einmal, wie dringend es war, bekam aber nur zu hören, dass der Verlag Adressen und Telefonnummern von Autoren grundsätzlich nicht weitergab.

»Ich fürchte, du musst selbst zum Verlag fahren«, sagte Ivan. »Wir können dich in ein Taxi setzen.«

»Allerdings wird Selkie in einem Taxi nicht mitfahren dürfen«, meinte Daniel.

»Ich lass Selkie aber nicht allein!«, protestierte Nim und Selkie bellte ein lautes NEIN.

»Ich ruf Karla an, meine Schwägerin«, sagte Daniel. »In ihren Lieferwagen passt ihr alle rein.«

Er nahm das Telefon. Nim konnte Karla am anderen Ende leise reden hören. »Ein Seelöwe? Machst du Witze?«

Im Funkgerät knisterte es. »Das Kreuzfahrtschiff wartet. Gibt's Probleme?«

Grinsend steckte Daniel sein Telefon wieder ein. »Glück gehabt – Karla ist gerade ganz in der Nähe, bei der Anlegestelle für Wassertaxis.«

»Ich brauch noch fünf Minuten«, sagte Ivan ins Funkgerät. »Wir haben eine Notablieferung für den Taxi-Anleger.«

»Mag Karla Seelöwen?«, fragte Nim.

»Klar! Sie hat bloß noch nie einen gesehen.«

»Und Leguane?«

»Wer würde Fred nicht mögen?«

Fred grinste ein bisschen und nagte weiter an dem Salat herum, den Ivan ihm hingestellt hatte.

Die Sonne und der Wind hatten Nims Kleider inzwischen fast vollständig getrocknet. Sie nahm sie von der Wäscheleine und zog sich in der Kabine um. Kaum war sie fertig, legte das Schiff auch schon an.

Ivan gab ihr eine Karte, als sie zurück ins Steuerhaus kam. »Bei Karla bist du bestens aufgehoben. Aber hier hast du meinen Namen und meine Telefonnummer. Ruf mich an, falls du Probleme kriegst. Meld dich auch, wenn du keine Probleme hast! Wir wollen schließlich hören, dass du gut angekommen bist.«

»Danke«, sagte Nim. »Und danke auch für das Brot und den Kakao.« Sie nahm sich vor, Kakao mitzunehmen auf ihre Insel, falls sie jemals dorthin zurückkehren würde.

»Und hier ist auch meine Nummer«, sagte Daniel.

»Danke fürs Retten«, sagte Nim.

»Ehrensache«, antwortete Daniel. »Jeder, der im New Yorker Hafen von einem Schiff springt, um seine Freunde zu retten, wird von mir aus dem Wasser gefischt.«

»Aber gewöhn dir das bloß nicht an!«, meinte Ivan grinsend und umarmte sie herzlich. »Und vergiss nicht, dich zu melden.«

Der Schlepper rumpelte gegen das Dock. Daniel sprang an Land, Selkie, Nim und Fred folgten ihm.

Dort, wo sie an Land gingen, gab es einen Park – eine weite Grasfläche, an deren Rand ein Weg entlangführte. Der Belag dieses Weges war hart wie Stein und seine Oberfläche war ganz glatt gewalzt. Es liefen so viele Leute auf diesem Weg, dass sich jeder Einzelne zügig vorwärtsbewegen musste. Nim hätte es nie für möglich gehalten, dass so viele Leute zur gleichen Zeit an einem Fleck sein konnten.

Im Laufen telefonierten die Leute, redeten miteinander oder mit sich selbst; dabei benutzten manche von ihnen Wörter, die Nim nicht verstand, und Sprachen, die sie noch niemals gehört hatte. Die Leute tranken Limonade aus Dosen und Kaffee aus Bechern, aßen Eis und Würstchen und Brezeln, hatten Handtaschen und Aktentaschen bei sich oder trugen volle Einkaufstüten oder Körbe mit Hunden darin. Und irgendwie schafften sie es, dabei trotzdem fast nie aneinanderzustoßen.

»Komm«, sagte Daniel. »Karla wartet schon. Du wirst sehen, es wird alles wieder gut.«

Nim atmete tief durch. Fred schmiegte sich dicht an ihren Hals. Auch Selkie drückte sich fest an sie. Die drei folgten Daniel den Weg hinunter.

Neben dem Fußgängerweg führte eine Straße entlang, und auf dieser Straße fuhren Autos. Jede Menge gelbe Autos und jede Menge Autos in allen

möglichen anderen Farben, die man sich nur vorstellen kann. Die einen fuhren hierhin, die anderen dorthin, aber immer wenn Nim befürchtete, gleich würden sie zusammenstoßen, schlängelten sie sich ohne Probleme aneinander vorbei.

Nim hatte Bilder von Autos gesehen, aber den Krach und den Gestank, den sie machten, hatte sie noch nie erlebt. Sie rochen heiß und hörten sich noch heißer an, und gerade als Nim dachte, es könnte nicht mehr lauter werden, zerriss das Heulen einer Sirene die Luft und ein riesiger, roter Lastwagen donnerte vorbei, dessen Getöse sie an das Brüllen eines Seelöwenbullen erinnerte.

Selkie gefiel es gar nicht an diesem Ort mit den seltsamen Geräuschen, sie wollte schnell weg. Darum robbte sie von dem Fußgängerweg mitten auf die Fahrbahn.

Autos hupten und Bremsen kreischten.

»Selkie!«, schrie Nim und rannte hinter ihr her auf die Straße.

»Halt!«, schrie Daniel und schnappte Nims Arm.

»Habt ihr alle Tomaten auf den Augen?«, brüllte ein Taxifahrer die Leute an, die schnell die Straße überquerten, als die Autos wegen Selkie anhielten. »Schaut denn keiner auf die Fußgängerampel?«

Selkie bellte wütend und robbte zurück auf den Weg.

»Da sind Nim und ihr Seelöwe!«, rief eine Frau auf der anderen Straßenseite.

»Stimmt das?«, fragte ein Mann. »Du sollst Nim sein?«

»Eine super Werbeaktion!«, jubelte ein anderer Mann.

Dann blieben die Autos plötzlich stehen und die Fußgängerampel schaltete um. Alle betraten die Straße und liefen los.

Aha, die Lichter zeigen ihnen, wann sie dran sind!, begriff Nim, als sie den Gehweg auf der anderen Straßenseite erreichten.

Die drei eilten hinter Daniel her durch einen kleinen Park, ohne auf die Blumen und den schönen Brunnen mit der Fontäne zu achten. Am Ende der Grünanlage stand ein gewaltiger Stier.

Selkie bellte und wollte nicht weitergehen.

»Alles okay!«, beruhigte sie Nim. »Das ist bloß ein Standbild!«

Da machte sich Selkie stocksteif wie ein Standbild, denn das war schließlich einer ihrer Tricks. Daraufhin rannte ein ganzer Pulk von Leuten, die angestanden hatten, um den Stier zu fotografieren, zu Selkie hinüber und knipsten auch sie.

»Ist das ein echter Seelöwe?«

»Ist der nicht gefährlich?«

»Kein bisschen«, versicherte Nim. Da stellte sich eine Frau direkt neben sie, damit ihre Freundin ein Foto machen konnte. Fred beugte sich vor und verschlang mit einem Happs die obere Hälfte von ihrem Waffeleis.

»Entschuldigung«, sagte Nim, auch wenn es Fred selbst kein bisschen leidtat.

Die Menschen um sie herum tuschelten aufgeregt miteinander, es wurden immer mehr und viele von ihnen machten Fotos.

»Wir müssen weiter, Leute«, sagte Daniel.

»Wo wollen Sie denn hin?«, rief ein Mann mit langen Haaren.

»Zum Papyrus-Verlag.«

»Haben Sie schon die Adresse?«, fragte eine freundliche alte Oma und schrieb sie auf die Rückseite ihrer Einkaufsliste. »Mein Sohn arbeitet dort.«

»Ist ein ziemlich weiter Weg«, meinte eine Frau in einem roten Hosenanzug. »Wie wollen Sie die Tiere dort hinkriegen?«

»Nehmt einfach die U-Bahn!«, schlug der langhaarige Mann vor.

»Ein Seelöwe in der U-Bahn, das geht doch nicht«, protestierte die Frau im roten Anzug. »Sie müssen eins von diesen Taxis rufen, die Hunde transportieren.«

»Meine Schwester kennt sich damit aus, die bringt ihren Hund jeden Tag zu seinem Hundesitter«, sagte ein Mann in einer Handwerkerhose. »Ich ruf gleich an, sie hat bestimmt die Nummer.«

»Danke«, sagte Daniel. »Aber wir haben schon eine Fahrgelegenheit.« Sie gingen über die Straße zu einer Frau, die gerade die Heckklappe eines Lieferwagens öffnete. Auf dem Wagen waren lauter Bilder von Hunden und darunter stand: *Karlas köstliche Kuchen – Leckerbissen für Ihren Hund.*

19

Karla gab Daniel einen Kuss, umarmte Nim, tätschelte Selkie und hätte um ein Haar gleichzeitig sogar noch Fred gestreichelt. Dazu redete sie ununterbrochen. »Freut mich, wenn ich euch helfen kann. Erst hab ich gedacht, Daniel redet nur Blödsinn, aber dich gibt es wirklich, das sehe ich ja. Du kannst mir deine Geschichte unterwegs erzählen. Wo musst du denn hin?«

Daniel sagte ihr die Adresse, wuschelte Nim durch die Haare und rannte zurück zum Dock, wo der Schlepper auf ihn wartete.

»Wir müssen auf dem Weg ein paar Sachen ausliefern«, sagte Karla. »Die Kuchen können nicht warten! Ich hab die Schachteln übereinandergestapelt, damit die Seelöwin reinpasst – Selkie heißt sie, oder? Selkie, Liebling, kannst du bitte reinhüpfen? Pass aber auf, dass du die Schachteln nicht zerdrückst.«

Selkie wuchtete sich auf die Ladefläche und ließ sich neben den hoch aufgestapelten Kuchenschach-

teln nieder. Es gefiel ihr gut hier hinten. Wenn sie den Kopf reckte, konnte sie sogar aus dem Rückfenster nach draußen gucken. Zur Zustimmung ließ sie ein lautes »Onk« hören.

»Und was passiert mit diesem Kerlchen hier?«, fragte Karla und zeigte auf Fred. »Der klettert doch hoffentlich nicht kreuz und quer über die Schachteln, oder?«

»Bei Fred weiß man das nie«, sagte Nim.

»Okay, Freddy, dann ab nach vorne mit dir zu Fritz. Du auch, Nim. Fritz, hör auf zu bellen. Fred ist bestimmt viel netter, als er aussieht. Schnall dich an, Nim, dann düsen wir los. Wir müssen noch jede Menge Kuchen durch die Gegend kutschieren.«

Fritz war ein Dackel. Mit seinen kurzen Beinen und dem langen Körper hatte er fast die gleiche Form wie Fred. Zuerst drückte er sich eng an Karla, aber nach einer Weile krabbelte er zu Nim hinüber. Fred nieste eifersüchtig, worauf Fritz überrascht zu kläffen begann. Dann turnte Fritz über Nim hinweg zum Seitenfenster, richtete sich auf und schaute nach draußen. Dabei gab er sich Mühe, Fred einfach nicht mehr zu beachten.

Ein Bus fuhr vorbei. Er war von oben bis unten

mit dem Werbebild bedeckt, das Nim schon auf dem Wassertaxi entdeckt hatte.

Karla lachte. »Das ist ja ein Ding! Wie gefällt es dir, dass dich in ganz Manhattan die Leute anstarren?«

»Ich finde es ein bisschen seltsam«, sagte Nim. Das kam ihr höflicher vor, als zu sagen, dass es sie krank machte.

»Also dann«, sagte Karla, »schieß mal los. Was macht ein Kind mutterseelenallein in New York? Oder anders ausgedrückt: Wie kommen ein Kind, eine Seelöwin und ein Leguan hierher und wieso ist ein Bild von den dreien auf einem Bus? Weißt du, ich seh ja viele seltsame Sachen, wenn ich in der Stadt herumfahre, aber so was habe ich wirklich noch nie erlebt. Moment, wo ist jetzt noch mal die Adresse für den Dalmatiner-Kuchen? Ach so, da unten bei deinen Füßen, heb den Zettel doch mal schnell für mich auf, ja?«

Der Fahrer eines gelben Autos, auf dem ein Bild von Nim war, hupte laut.

»Hey!«, brüllte Karla zurück. »Ich hab die echte Nim hier drin, also pass auf, wen du anhupst.«

Fritz bellte aufgeregt. Fred nieste.

»Da sind wir schon!«, rief Karla ein paar Minuten später, bog in eine Seitenstraße ein und blieb mit einem Ruck stehen. »Wir müssen Selkie rausholen, sonst komm ich nicht an den Kuchen. Ist es okay, wenn ihr einen Moment hier wartet? Ich renne schnell hin, nur einen halben Block weit und dann hoch in den zwölften Stock, dauert nicht mal zehn Minuten.«

»Kein Problem, uns geht's gut«, sagte Nim.

Aber Selkie hatte einen Teich entdeckt.

Er lag in einem kleinen Park, war groß und schien nicht tief zu sein. Mittendrin gab es einen Springbrunnen. Dort standen zwei Jungen und ein Mädchen und vorne im Flachen planschte eine Mutter mit ihrem Baby herum. Selkie trapste über den Gehweg und unter einem großen Marmorbogen hindurch, dann machte sie einen gewaltigen, donnernden Satz mitten ins Wasser. Das Wasser im Teich war noch flacher, als sie erwartet hatte, und sie hatte so viel Schwung, dass sie bis auf die andere Seite rutschte.

Das Baby lachte und klatschte in die Hände. Seine Mutter riss es in ihre Arme und wollte weglaufen.

»Sie tut nichts!«, rief Nim und rannte hinüber, mit Fred und Fritz auf den Fersen.

»Na gut«, sagte die Mutter und setzte ihr Baby bald darauf wieder ab, damit es planschen und alles anschauen konnte.

Selkie rollte sich auf den Rücken, damit ihr Nim Wasser auf den staubigen Bauch spritzen konnte. Fred lief zu der Fontäne hinüber und Fritz watete ihm hinterher. Dann hievte sich Fred hoch auf den blubbernden Wasserstrahl und ließ sich von ihm tragen.

»Cool«, sagte einer der Jungs.

»Ist das deiner?«, fragte der andere.

»Und der Seelöwe?«, wollte das Mädchen wissen.

»Das sind meine Freunde«, sagte Nim.

»Gehört ihr zu einem Zirkus?«

»Wir gehören gar keinem«, sagte Nim. »Nur uns.«

Aber da entdeckte sie, wie Karla zurückkam. »Fred!«, rief sie. »Selkie! Fritz! Wir müssen los.«

Die Kinder kamen mit zum Lieferwagen und winkten ihnen, als sie losfuhren.

Alex sah durchs Kabinenfenster die Freiheitsstatue, als das Schiff daran vorbeifuhr. Es gab nichts, was sie hätte einpacken müssen, außer der Zahnbürste und dem Schlafanzug, den sie gekauft hatte, und dazu noch das Buch, das Delia ihr geschickt hatte.

Jetzt erst schlug sie es auf und begann zu lesen.

Das Schiff wurde immer langsamer und schließlich blieb es fast ganz stehen, die Schiffsmotoren schnurrten kaum noch. Es dauerte sehr lange, bis endlich ein Schlepper kam und es zum Dock zog.

Beim Lesen musste Alex lächeln.

Das Schiff legte an. Taue wurden um die Poller am Dock gewickelt; die Gangway krachte herunter.

Alex blickte auf und wünschte sich, sie könnte Jack und Nim laut aus diesem Buch vorlesen und Fred, Selkie und Chica würden dabei zusehen.

Leute liefen mit ihren Rollkoffern und Rucksäcken an ihrem Kabinenfenster vorbei.

Die Mutter der Kinder von nebenan rief: »Ich hab euch doch heute Morgen schon gesagt, dass ihr packen sollt.«, und die Kinder antworteten: »Da hatten wir keine Zeit!«

Alex las weiter.

Virgina klopfte an die Tür. Es sei jetzt Zeit, von Bord zu gehen, ob sie Hilfe mit ihrem Gepäck bräuchte?

»Nein, danke«, sagte Alex und stellte sich in die Schlange der Leute, die sich von der Schiffsbesatzung verabschiedeten. Es war eine lange Schlange und Alex las beim Warten einfach weiter.

Als sie dem Kapitän die Hand schüttelte, merkte sie, dass die Familie von nebenan direkt hinter ihr stand. Die Kinder sahen genauso lebhaft und nett aus, wie sie sich durch die Wand hindurch angehört hatten, und Alex wünschte sich, sie hätte genug Mut gehabt, sie kennenzulernen. Sie stellte sich in eine andere Schlange, um ihren Pass vorzuzeigen und dann das Dock zu verlassen – und in der Zwischenzeit hatte sie das Buch beinahe ausgelesen.

»Aber den Schluss kenne ich sowieso«, erinnerte sie sich. »Zumindest glaube ich das.«

Auf einmal konnte sie es kaum erwarten, endlich vom Schiff zu kommen. Sie musste sich dringend um das Ende der Geschichte kümmern, die sie gerade erlebte.

»Siehst du das Buch von der Frau da drüben?«, fragte Ben Erin.

Erin starrte angestrengt hin. Sie entzifferte den Titel und ihr wurde ein bisschen schlecht. »Meinst du, Nim hat das alles bloß aus diesem Buch? Und hat uns angeschwindelt?«

»Das kann nicht sein. Sie hatte doch Fred dabei.«

»Und Selkie.«

»Und was noch viel komischer ist: Diese Frau da hat die gleiche Hose an wie Nim. *Niemand* außer Nim trägt solche Hosen.«

»Und sie hat keinen Koffer dabei.«

»Als wäre sie unerwartet auf das Schiff gekommen …«

»… genau wie Nim!«

»Meinst du, das könnte sein?«

»Komm, wir fragen sie.«

Aber bis ihr Gepäck kontrolliert worden war und all ihre Pässe abgestempelt waren, war Alex verschwunden.

Ben und Erin folgten ihren Eltern und den Zwillingen nach draußen, wo sie an einem Taxistand anstehen mussten. Das erste Taxi, das dort ankam, hatte ein Schild auf dem Dach: *NIMS INSEL von Alex Rover. Ab 7. Juli im Handel!*

»Das ist heute«, sagte Erin.

»Also ist die einzige Person, die das Buch schon auf dem Schiff lesen konnte …«

»… Alex Rover!«

Ben musste kichern. »Kannst du dir vorstellen, was sie sagt, wenn sie Nim sieht?«

»Und Selkie und Fred!«

Jacks Flugzeug ging nicht direkt bis nach New York. Er musste zwei Mal umsteigen. Beim Warten auf das letzte Flugzeug rannte er zu einem Flughafencomputer, um nach seinen E-Mails zu schauen. Diesmal sah er als Erstes im Spam-Ordner nach. Der war randvoll.

Beim Überfliegen der Liste hielt er die Luft an und sein Herz raste so heftig, dass er kaum noch atmen konnte.

Von: erin@kidmail.com
An: jack.rusoe@explorer.net
Datum: Mittwoch, 7. Juli, 11 Uhr 30
Betreff: Äußerst dringende Nachricht über Nim

Lieber Mr Rusoe,
ich bin das Mädchen, das Ihnen bis jetzt immer Nims E-Mails geschickt hat. Hoffentlich halten Sie mich nicht für furchtbar unhöflich,

aber ich finde es sehr gemein, dass Sie Nim nicht zurückgeschrieben haben. Jedenfalls sollen Sie wissen, dass das Schiff jetzt in New York ist. Ungefähr in einer halben Stunde werden wir am Kreuzfahrt-Terminal anlegen, aber Nim, Selkie und Fred sind vom Schiff gesprungen, als alle nach der Freiheitsstatue geguckt haben.

»Vom Schiff gesprungen?«, rief Jack aus.

Diesmal schreibe ich Ihnen nicht in Nims Auftrag, aber ich hoffe, es ist trotzdem in Ordnung. Sie macht sich solche Sorgen, dass Sie wütend auf sie sind wegen Alex. Und Nim ist schließlich meine Freundin, ich will nicht, dass sie traurig ist. Würden Sie ihr bitte bald schreiben? Wenn sie Alex gefunden hat, wird sie Ihre E-Mails bestimmt lesen können.
Erin Caritas

Jack wurde heiß und kalt, und er wusste nicht, ob er Magenkrämpfe kriegen oder in die Luft gehen sollte, vielleicht beides auf einmal.

Er las die Mail immer wieder, obwohl sich jedes Wort in sein Gehirn eingebrannt hatte, ganz besonders »vom Schiff gesprungen« und »wenn sie Alex gefunden hat«.

Dann sah er sich alle anderen Mails durch, die jedes Mal aussortiert worden waren, wenn er auf eine Nachricht von Nim oder Alex gehofft hatte.

Er fand alle fünf Nachrichten, die Erin für Nim geschrieben hatte. Nachdem er sie gelesen hatte, wusste er, dass:

- Nim, Selkie und Fred vor etwa zwei Stunden aus einem Schiff mitten in den New Yorker Hafen gesprungen waren.
- Sie nicht bei Alex waren.

Es gab sehr viele Dinge, die er nicht wusste, aber am wichtigsten waren drei Fragen:

- Waren Nim, Selkie und Fred ertrunken, als sie vom Schiff gesprungen waren?
- Wenn sie nicht ertrunken waren, wo waren sie dann jetzt?
- Wo war Alex?

Dann gab es noch ein paar Dinge, die er wirklich wissen wollte, um die er sich aber erst später Gedanken machen würde:

- Wieso waren sie an Bord des Schiffs?
- Wie waren sie auf das Schiff gekommen?
- Wann waren sie an Bord gegangen?
- Warum war Alex weggegangen?

Aber die allerwichtigste Frage überhaupt konnte er nicht stellen, weil niemand eine Antwort darauf wusste:

- Würden sie sich alle wiederfinden?

An: erin@kidmail.com
Von: jack.rusoe@explorer.net
Datum: Mittwoch, 7. Juli, 12 Uhr 01
Betreff: Re: Äußerst dringende Nachricht über Nim

Liebe Erin,
meinst du wirklich, dass Nim von einem Schiff gesprungen und an Land geschwommen ist?
Ich komme heute Abend um 18.00 Uhr in New York an, mit der Flugnummer 123.
Falls du mit Nim sprechen kannst, sag ihr bitte:
Es tut mir sehr leid, dass ich deine E-Mails nicht früher gelesen habe.
Mit allerbesten Grüßen,
Jack Rusoe
PS: Danke, dass du Nims Freundin bist.

Dann begann er eine neue Mail.

Von: jack.rusoe@explorer.net
An: aka@incognito.net

Der Flughafenlautsprecher knackte.
»Passagier Jack Rusoe wird umgehend zum Ausgang 46 gebeten. Ihr Flug startet in Kürze.«
Jack sprang vom Computer auf und rannte

zum Ausgang. In sechs Stunden bin ich da, dachte er.

Es würden die längsten sechs Stunden seines Lebens werden.

20

Karla fuhr mit Nim an alten und neuen Gebäuden vorbei, manche waren mit Steinornamenten verziert, andere aus glänzendem Glas, viele ragten bis hoch in die Wolken. Aber keins von all diesen Gebäuden war das Haus, in dem die Bücher von Alex verlegt wurden.

Wie hätte ich Delia Defoe alleine bloß finden sollen?, fragte sich Nim. Und wenn ich das nicht geschafft hätte, wie in aller Welt hätte ich dann Alex gefunden?

Sie kamen an Banken und Kleiderläden vorbei, an Fotoläden, Juwelierläden, Postkartenläden, Spielwarenläden, Haustierläden, Hotels, Cafés und Straßenständen, an denen Handtaschen oder Sonnenbrillen oder Snacks und Getränke verkauft wurden. Sie sahen wehende Fahnen, blinkende Neonlichter, Stufen, die unter die Erde führten, und Dampf, der aus einem Loch im Gehweg waberte, genauso wie bei den heißen Steinen, wenn der Vulkanberg grollte.

Bei einer Ampel blieben sie stehen und betrachteten die Leute, die über die Straße gingen.

»Das ist doch komisch, oder?«, sagte Nim. »So viele Menschen gibt es hier – und alle sind verschieden!«

»Genau das macht das Leben interessant, Liebling«, sagte Karla. »Aber im Moment fände ich das Apartment noch interessanter, bei dem wir jetzt den Pudel-Geburtstagskuchen abliefern sollen. Da gibt's nichts zu kläffen, Fritz, Pudel sind auch nett. Warte mal, wenn ich hier abbiege und da entlangfahre und dann … oje, genau da wollte ich nicht hin. Okay, dann muss ich eben hier parken und laufen. Ihr könnt gern aussteigen und euch ein bisschen die Beine vertreten. Aber nimm Fritz lieber an die Leine – und wie ist das mit Fred, hat der auch eine Leine?«

»Er kann auf meiner Schulter sitzen«, sagte Nim.

»Okay, bleibt in der Nähe, ich beeile mich.« Karla öffnete die Klappe des Lieferwagen, um Selkie rauszulassen, schnappte sich eine Kuchenschachtel und rannte los. Nim und die anderen trotteten langsam hinterher, Selkie wich dabei nicht von Nims Seite.

An der Ecke stand ein Mann, der Brezeln verkaufte. Brezeln waren so was Ähnliches wie Brot, nur in Knoten geschlungen und mit Salz obendrauf. Fred mochte Salz. Er beugte sich von Nims Schulter aus in den Stand hinein und mampfte eine halbe Brezel.

»Macht einen Dollar!«, sagte der Mann.

Aber ich hab gar kein Geld!, dachte Nim, doch dann fiel ihr das Trinkgeld wieder ein, das Erin in ihre Hosentasche gesteckt hatte, bevor sie in den Fahrstuhl gestiegen waren. Sie hielt dem Brezelverkäufer das Geldbündel hin.

»Zu viel!«, sagte er, nahm sich einen grünen Schein und gab ihr den Rest zurück. Nim kaufte sich eine Flasche Wasser und danach hatte sie immer noch Geld übrig.

Sie überquerten die Straße und gingen um eine Ecke – und dort stand eine Mauer von Menschen. Die meisten erschraken und wollten wegrennen, als sie Selkie sahen, aber das Gedränge war so groß, dass sie nicht weit kamen.

Die Leute starrten auf gigantische Bildschirme, die an den Gebäuden auf beiden Straßenseiten angebracht waren. Auf manchen von ihnen wurden wechselnde Bilder gezeigt; auf anderen liefen Wörter in Leuchtschrift vorbei, und kaum war der Satz zu Ende, fing alles wieder von vorne an.

Einer von diesen Sätzen verkündete: ALEX ROVERS BUCH *NIMS INSEL* ERSCHEINT HEUTE!

Nim hatte das Gefühl, nichts um sie herum wäre wirklich, außer Freds stacheligem Rücken an ihrem Kinn und Selkies warmer Schulter.

»Komm, wir gehen zurück zum Lieferwagen«, sagte Nim, aber sie waren so eingekeilt in der Menschenmenge, dass sie sich kaum umdrehen konnten.

»Onk!«, machte Selkie. »Onk-ONK!«

Die Menge lichtete sich ein bisschen, gerade genug, dass Nim durchkam – aber dadurch erblickten auch mehr Leute Selkie und Fred und drängten sich wieder näher heran, um besser sehen zu können.

»Die sind aus Alex Rovers neuem Buch!«

»Nein, da wird bestimmt ein Film gedeht!«

Immer mehr Leute schoben sich immer näher heran. Ein Polizist ließ seine Trillerpfeife schrillen. Selkie erstarrte, aber der Pfiff galt nicht ihr, sondern den Autos, die anhalten sollten, damit Selkie und Nim die Straße überqueren konnten. Eine lange Reihe von Leuten folgte ihnen.

»Wohin gehen wir?«, fragte ein Mädchen.

»Zurück zu Karlas Lieferwagen«, sagte Nim. »Und dann suchen wir Alex Rover.«

»He, wir sind im Fernsehen!«, kreischte ein Junge, hampelte vor Nim herum und winkte einem Mann zu, der mit einer Kamera auf den Schultern vor ihnen herlief.

Manche Leute blieben daraufhin zurück, aber andere kamen noch näher und fragten Nim nach Alex. Ein Mann drängelte sich mit einem Buch und einem Stift in der Hand zu Nim durch und bat sie, das Buch zu signieren. Es war das Buch von Alex. Und auch wenn Nim sich schämte und schuldig fühlte und verwirrt war: Als sie den Namen von Alex las, spürte sie plötzlich einen Hauch Hoffnung, dass Alex sie trotz allem vielleicht doch noch lieb haben könnte.

Der Mann forderte sie immer wieder auf, das Buch zu unterschreiben, bis Nim schließlich ihren Namen über das Gesicht des Mädchens kritzelte, die sie selbst darstellen sollte.

»Kann ich auch ein Autogramm haben?«, fragte ein Junge, aber gerade in dem Moment, in dem auch andere Leute auf einmal Zettel, Notizhefte und Kappen hervorzogen, nieste Fred. Und zwar heftig.

Da wichen auf einmal alle erschrocken zurück.

Fred schaute sehr zufrieden drein, als sie bei Karla ankamen und wieder losfuhren. Der Lieferwagen schob sich langsam durch den Verkehr. »Wir sind jetzt fast da«, erklärte Karla. »Aber wir müssen noch einen Bogen machen und diesen Hund-in-Form-einer-Katze-Kuchen ausliefern. Hör auf zu kläffen, Fritz, obwohl du recht hast: Wer will denn einen Hund, der wie eine Katze aussieht? Dieser Kunde anscheinend schon, also kriegt er, was er bestellt hat. Und dann bringen wir Nim dorthin, wo sie hinmuss.«

An einer Stelle, wo die Straße auf einen weitläufigen grünen Park traf, bog Karla ab. Nim sah weiches Gras, Blumen, hohe Bäume und Hügel. Der Park war wie das frische grüne Herz dieser heißen, unruhigen Stadt.

Im Park liefen Leute träumend umher, andere

lagen im Gras, joggten oder fuhren auf Rollerblades oder Fahrrädern, manche ritten sogar auf Pferden. Es gab Mütter mit Babys, Väter mit Krabbelkindern, Großeltern mit Enkeln, Mütter und Väter mit kleinen und größeren Kindern oder mit solchen, die schon fast erwachsen waren.

Familien!, dachte Nim, und auf einmal wollte sie am liebsten gar nichts mehr sehen.

Karla hielt bei einer langen Reihe von Kutschen vor einer Art Palast an. Das Gebäude sah aus wie ein Bild aus einem Buch, das Nim zu Hause hatte. »Wartet hier!«, sagte Karla, als wieder alle ausstiegen, damit sie an den Hund-in-Form-einer-Katze-Kuchen kam. »Ich bin gleich wieder da!«

Selkie stieß vor Überraschung über die Pferde ein lautes »Onk« aus. Tiere mit so hohen Beinen hatte sie vorher noch nie gesehen. Ein großes graues Pferd wieherte als Antwort und Selkie robbte hinüber, um Hallo zu sagen.

»Du bist echt weit weg von zu Hause«, sagte der Kutscher zu Selkie. »Zum Glück kann Mabel Touristen gut leiden.« Liebevoll klopfte er den Hals des Pferdes.

Mabel und Selkie rieben ihre Nasen aneinander und beschnupperten sich. Fred und Fritz verschlangen Popcorn, das sie auf dem Boden gefunden hatten.

Nur Nim konnte sich nicht an den Pferden und den Kutschen freuen, und auch nicht an dem goldenen Brunnen vor dem Palast, dem herrlichen Sonnenschein oder dem grünen Park. Denn bald würde sie bei der Verlegerin von Alex sein, und falls Delia Defoe ihr nicht helfen konnte, hatte sie keine Ahnung, was sie tun sollte.

Karla kam wieder angerauscht, ganz rot im Gesicht und wütend. »Die wollten allen Ernstes zwei

Kuchen! Wäre praktisch gewesen, wenn sie mir das beim Bestellen auch gesagt hätten! Jetzt überlege ich … Wie wär's, wenn du noch mal mit mir zurück in den Laden fährst? Danach kann ich euch dann begleiten und dabei helfen, Delia zu finden.«

Aber Nim hielt es nicht mehr aus, noch länger zu warten. »Wir können doch alleine reingehen«, sagte sie, obwohl sie seit ihrem Sprung von der Schiffsreling nicht mehr so viel Angst gehabt hatte wie jetzt.

»Na ja, in Ordnung … Aber glaub nicht, dass ich dich einfach so im Stich lasse. Ich bin ein Stündchen unterwegs oder so – das reicht gut, um alles auf die Reihe zu kriegen, falls diese Delia euch wirklich helfen kann. Dann komm ich wieder her und sehe, was läuft, und ihr fahrt alle mit zu mir nach Hause und bleibt dort, bis du deine Freundin gefunden hast oder deinen Vater oder sonst irgendwen.«

»Wir können bei dir wohnen?«, fragte Nim erstaunt.

»Na, ich lass euch ganz sicher nicht im Central Park schlafen! Daniel würde kein Wort mehr mit mir wechseln. Bloß eins muss euch klar sein: Bei mir zu Hause wird's hübsch eng.«

Nim wollte sich bei Karla bedanken, aber ihr Hals war wie zugeschnürt, noch ärger als eben vor lauter Angst.

»Da sind wir!« Karla hielt vor einem hohen, glänzenden Gebäude an, in dem über einer Auslage mit Bücherstapeln von *Nims Insel* ein Banner mit dem Namen Alex Rover prangte. Sie gab Nim eine Visitenkarte, umarmte sie innig und tätschelte Fred, bevor sie die Lieferklappe aufmachte und Selkie herausließ. »Da steht meine Telefonnummer drauf, falls du sie brauchst. Denk dran, in einer Stunde bin ich wieder da.«

Sie fädelte sich wieder in den Verkehr ein und streckte dabei den Kopf noch mal zum Fenster hinaus, um zu rufen: »Mach dir keine Sorgen!«

»Mach ich auch nicht«, log Nim und winkte Karla zum Abschied.

Dann drückte sie gegen die Tür.

Es war eine schwere Glastür, und als Nim hindurchging, kam dicht dahinter gleich noch eine Tür. In dem Zwischenraum war nur Platz für Nim und Fred. Selkie warf sich mit einer solchen Wucht gegen die zweite Tür, dass sich alle Türen schnell zu drehen begannen und Nim gleich wieder auf der Straße landete, am gleichen Fleck wie vorher.

Sie versuchte es noch mal. Diesmal schaffte sie es reinzukommen, und Selkie schaffte es auch.

An allen Wänden waren bis hoch an die Decke verglaste Bücherregale aufgestellt. Daran erkannte Nim, dass sie hier richtig war.

Drei Männer saßen hinter einer Theke.

»Du lieber Himmel!«, sagte der eine.

»Die von der Werbung hätten uns wirklich Bescheid sagen können!«, murrte der zweite.

»Lass mich raten«, meinte der dritte. »Du musst Nim sein!«

»Ja«, sagte Nim. »Ich muss Alex Rover sprechen.«

Die drei Männer sahen sich an.

»Hol Delia Defoe«, sagte der eine und der zweite Mann nahm den Telefonhörer in die Hand.

»Warte hier, Süße«, sagte der dritte, und Nim und Selkie ließen sich vor den Bücherregalen nieder. Nim studierte die Titel der Bücher, während Fred es sich unter einem Regal bequem machte. Selkie beobachtete die Leute, die durch die schweren Drehtüren kamen und gingen.

Eine Fahrstuhltür öffnete sich und eine Frau trat heraus.

»Ich bin die Verlegerin von Alex Rover«, sagte sie. »Ich freue mich über dein großes Interesse an diesem Buch und wüsste zu gern, wo du diese Tiere so schnell aufgetrieben hast. Aber Alex Rover gibt keine Interviews.«

»Ich will kein Interview«, sagte Nim. »Ich muss sie einfach sprechen.«

»Die meisten Leute glauben, Alex Rover wäre ein Mann – wieso denkst du, Alex wäre eine Frau?«

»Weil sie meine Freundin ist«, sagte Nim. »Zumindest war sie das.«

»Na ja, ich könnte ihr eine Nachricht von dir zukommen lassen. Warum möchtest du sie sprechen?«

»Ich will ihr sagen, dass es mir leidtut«, murmelte Nim und versteckte ihr Gesicht zwischen den Knien, damit Delia sie nicht weinen sah.

»Meinst du«, fragte Delia derart leise, als könnte sie selbst kaum glauben, was sie da fragte, »du bist die echte Nim? Und das hier ist wirklich Fred – und dort Selkie?«

Nim nickte.

Delia setzte sich neben sie auf den Boden und Nim erzählte ihr die ganze Geschichte. Sie ließ nur aus, was genau sie zu Alex gesagt hatte, weil sie Angst hatte, Delia würde ihr nicht mehr helfen wollen, wenn sie wüsste, wie schrecklich Nim sich benommen hatte.

Zuerst wirkte Delia einfach nur aufgeregt, aber je länger die Geschichte ging, umso besorgter wurde sie.

»Sagen Sie mir denn jetzt, wo ich Alex finde?«, fragte Nim.

»Das würde ich gerne tun«, sagte Delia. »Das Problem ist nur – ich habe nicht die geringste Ahnung.«

21

Als Alex das Kreuzfahrt-Terminal verließ, konnte sie schon die glänzende Spitze des Papyrus-Verlags-Hochhauses sehen, das alle anderen Gebäude überragte. Am Taxistand wartete eine lange Schlange von Leuten und Alex wollte so schnell wie möglich ankommen. Darum überquerte sie die Hauptstraße und lief los.

Während des Laufens schrieb sie in Gedanken eine Mail an Nim und Jack. Leicht war das nicht, aber sie wusste genau, was sie ihnen sagen wollte. Doch wie die beiden antworten würden, das wusste sie nicht.

Sie dachte so intensiv an Nim und Jack, dass sie manchmal ein Mädchen sah, dessen Haare genauso waren wie die von Nim, oder einen Mann, der so lief wie Jack, und dann dachte sie für einen winzigen Moment: Sie sind hier!

Es war so schlimm, dass sie sich beim Blick durch die Glasfront des Verlagsgebäudes einbildete, Selkie vor den Bücherregalen sitzen zu sehen.

»Du bist nicht ganz richtig im Kopf«, erklärte Alex sich selbst, »und so langsam verlierst du das letzte Fünkchen Verstand!«

»Aber«, fügte sie hinzu, »immerhin kannst du den beiden gleich mailen, in gerade mal fünf Minuten.«

»Zuerst das Wichtigste«, sagte Delia zu Nim. »Komm hoch in mein Büro und schreib eine Mail an Alex und deinen Vater. Selkie und Fred können in der Zeit ja hier unten bleiben, oder?«

Mit einem lauten Bellen schmiegte sich Selkie dicht an Nim und Fred kletterte auf ihre Schulter.

»In Ordnung«, sagte Delia. »Dann nehmen wir eben den Lastenaufzug.«

Aber auf einmal bellte Selkie noch viel lauter und schlitterte so schnell auf die Drehtüren zu, wie sie nur konnte.

»Selkie!«, rief Nim.

Und da sah sie Alex.

Quer durch die Eingangshalle rannten die beiden aufeinander zu, trafen sich in der Mitte und umarmten sich so fest wie damals, als Nim Alex aus dem sinkenden Segelboot gezogen hatte. Selkie umkreiste sie mit einem zärtlichen Schnauben und Fred kletterte von Nims Schulter auf die von Alex.

»Aber wie?«, fragte Alex. »Und wann?«

»Auf einem Schiff«, sagte Nim. »Es tut mir leid. Es tut mir so furchtbar leid.«

»Wo ist Jack?«

»Ich glaube, er ist ganz schrecklich wütend auf mich. Ich weiß nicht, warum ich so schlimme Sachen gesagt habe.«

»Willst du damit sagen, du bist *allein* hierhergekommen?«

»Ja, genauso ist es«, sagte Delia. »Was einer der Gründe ist, warum ich sehr froh bin, meine Bestsellerautorin zu sehen!«

Alex ließ Nim nur so lange los, wie sie brauchte, um Delia die Hand zu schütteln. »Bevor wir irgendwas anderes tun«, sagte sie, »können wir bitte eine E-Mail an Jack schreiben?«

Delia führte sie um die Ecke zum Lastenaufzug und sie fuhren alle zusammen hoch in Delias Büro. Dabei redeten Nim und Alex ununterbrochen, um einander zu erklären, was passiert war.

»... und dann sind wir einfach gesprungen«, sagte Nim. »In der Nähe von dieser grünen Frau.«

»Von was seid ihr gesprungen?«, fragte Alex und ihr wurde ganz schlecht.

»Von dem Schiff«, sagte Nim.

Alex wurde noch schlechter. »Von was für einem Schiff?«, fragte sie, als sie wieder Luft bekam.

Nim erzählte es ihr und dann erzählte Alex Nim alles, was sie erlebt hatte. Beide lachten und weinten, als ihnen klar wurde, dass sich Nim die ganze Woche über in dem Rettungsboot direkt vor dem Kabinenfenster von Alex versteckt gehalten hatte.

Dann schaute Alex nach ihren E-Mails. Die Nachrichten strömten nur so herein und sie las alle Mails, die Jack ihr geschrieben hatte, von der letzten bis zur ersten.

Je länger sie las, desto blasser wurde sie, denn Jack war so wütend und traurig, dass ihr klar war: Jetzt würde er sie ganz sicher nie mehr wiedersehen wollen.

»Aber ich hab ihm doch erklärt, was passiert ist«, sagte Nim traurig. »Erin hat ihm jeden Tag gemailt.«

»Vielleicht war er so traurig, dass er die Mails nicht verstanden hat.«

Von: aka@incognito.net
An: jack.rusoe@explorer.net
Datum: Mittwoch, 7. Juli, 14 Uhr 02
Betreff: Ich hab Alex gefunden!

Lieber Jack,
du darfst nicht wütend auf Alex sein, es ist nicht ihre Schuld, dass ich weggegangen bin. Aber es ist **meine** Schuld, dass **sie** weggegangen ist.
Wenn du doch bloß auch hierherkommen könntest.
Wir gehen jetzt runter ans Meer, damit Selkie und Fred richtig schön schwimmen können.

Hoffentlich funktioniert deine E-Mail und du bekommst diese Nachricht. Und hoffentlich beantwortest du sie.
In Liebe (so groß wie die von Selkie zu uns)
Nim

»Aber was ist, wenn der Professor versucht, Selkie wieder einzufangen?«, fragte Nim.

»*Niemand* wird Selkie je wieder einfangen«, sagte Alex. Dabei guckte sie derart finster und entschlossen, dass Nim ihr glaubte.

Delias Telefon klingelte. »Unten wartet jemand auf euch«, sagte sie und für einen Moment dachten Nim und Alex: Jack!

Sie fuhren alle mit dem Lastenaufzug wieder nach unten, und obwohl es nicht Jack war, freute sich Nim trotzdem sehr darüber, Karla zu sehen. Fred freute sich, Fritz zu sehen, und Alex und Delia freuten sich darüber, jemanden zu treffen, der Nim geholfen hatte.

Wieder gab es erstaunte Ausrufe und viele Erklärungen, und dann sausten Karla und Fritz los, um Kuchen für den nächsten Tag zu backen.

Ein langes, weißes Auto mit dunklen Fensterscheiben fuhr vor. Der Fahrer stieg aus und öffnete die Türen.

»Hier ist ein Wagen für euch«, sagte Delia. »Seid

ihr ganz sicher, dass ich kein Hotel für euch buchen soll?«

»Danke!«, sagte Alex. »Aber es wird Zeit, dass ich lerne, solche Dinge selbst zu regeln.«

Als Alex, Delia, Nim und Fred und ganz am Schluss auch Selkie durch die Drehtüren nach draußen kamen, blieben ein Junge und ein Mädchen mit ihrer Mutter stehen und starrten sie an.

»Guck mal, ein Seelöwe!«

»Und das Kind da hat eine Eidechse auf der Schulter sitzen!«

»Ach, das ist nur Werbung für ein Buch«, sagte die Mutter.

Nim und Alex sahen einander an und mussten so laut lachen, dass sie es kaum schafften, in die Limousine einzusteigen.

Delia winkte ihnen nach, als der Wagen losfuhr. Nim und Alex saßen nebeneinander, Fred kletterte hoch auf die Lehne und starrte aus dem Fenster, Selkie hockte auf dem Boden und schaute aus dem anderen Fenster.

Alex drückte einen Schalter an der Tür der Limousine, woraufhin ihr Fenster sich öffnete. Nim drückte für Selkie auf deren Schalter, doch dort, wo Fred saß, ließ sie das Fenster nur so weit nach unten, dass er den Kopf aus der Öffnung strecken konnte, aber auf keinen Fall hinausfallen würde.

»Bitte bedienen Sie sich bei den Getränken«, sagte der Fahrer.

In einem Fach hinter dem Fahrersitz standen Flaschen. Das Wasser für Fred musste Nim in ein Schälchen schütten. Selkie konnte ihres aus der Flasche trinken.

Der Fahrer der Limousine bat höflich darum, Selkie solle ihren Kopf nicht mit der Flasche im Maul aus dem Fenster strecken. Also trank Selkie ihr Wasser schnell aus, denn den Kopf aus dem Fenster zu strecken, gefiel ihr sehr.

Als der Wagen an einer roten Ampel stehen blieb, überquerten vor ihnen drei Hunde die Straße.

»Onk!«, dröhnte Selkie und raste von einem Fenster zum anderen.

»Waff!«, kläfften die Hunde überrascht.

Selkie schnaubte glücklich. In diesem Wagen zu fahren, war viel schöner, als allein hinten in einem Lieferwagen zu sitzen und aufpassen zu müssen, dass sie die Kuchenschachteln nicht zerdrückte.

Der Fahrer brachte sie zu einem anderen Park, der direkt am Fluss lag, ein Stück nördlich von der Stelle, an der sie der Schlepper am Morgen abgesetzt hatte. Dort gab es einen Jachthafen, wo Segelboote und Motorboote an den Anlegern vertäut waren, und außerdem ein paar Schiffe, die wie schwimmende Häuser aussahen. Eines davon hatte Blumenkästen an den Fenstern und am Bug hing ein Schild mit der Aufschrift: *Zu vermieten.*

»Interessant«, meinte Alex nachdenklich. »Aber ich hab einen Bärenhunger. Kommt, wir suchen uns was zum Essen.«

Fred rieb seinen stacheligen Rücken an ihrem Fußgelenk. Er hatte fast vergessen, wie sehr er Alex mochte.

Die vier gingen über den grünen Rasen zu einem Café und setzten sich draußen an einen Tisch. Von hier aus konnten Selkie und Fred den Hunden zusehen, die mit ihren Leuten an den Tischen nebenan saßen. Alex bestellte Fisch, Pommes frites und Salat, doch sie fügte hinzu: »Ein Fisch muss roh sein, bitte!«

»Selbstverständlich«, sagte der Ober und brachte Selkie und Fred eine Schale mit Wasser, damit sie beim Warten schon etwas zu trinken hatten.

»Ich wusste gar nicht, dass es in New York City Seelöwen gibt«, sagte der Mann am Nebentisch.

»Wir sind nur zu Besuch hier«, erklärte Alex.

»Und wie hübsch das aussieht: Mutter und Tochter im Partnerlook!«, rief seine Frau begeistert aus. »Haben Sie die Kleider selbst gemacht?«

Alex schaute verlegen. »Wir sind nicht …«

»Ja«, sagte Nim.

Da stiegen Alex Tränen in die Augen. »Wir müssen uns nachher was suchen, wo wir unsere E-Mails lesen können«, sagte sie. Nim war nicht mehr böse, dass sie weggegangen war, doch Alex wusste immer noch nicht, ob Jack ihr jemals verzeihen würde.

»Aber vorher müssen Selkie und Fred eine Runde schwimmen«, sagte Nim. Darum liefen sie, nachdem sie aufgegessen hatten, hinunter zum Jachthafen. Fred und Selkie rannten aufgeregt zum Wasser und stürzten sich hinein. Währenddessen kamen immer mehr Leute und glotzten sie an.

»Schnell!«, sagte Alex und sie stürmten zum Ende des Piers, wo ein Schild stand: *Kanuverleih.*

»Sind Sie schon mal in einem Kanu gefahren?«, fragte die Frau.

»Na klar«, sagte Alex.

Sie kletterten hinein und begannen zu paddeln. Dabei verspritzten sie ringsum so viel Wasser wie

Selkie in dem Brunnen, trotzdem kamen sie nicht sonderlich voran.

»Bist du sicher, dass du schon mal Kanu gefahren bist?«, fragte Nim.

»Vielleicht war das in einem von meinen Büchern«, sagte Alex. »Ich komme da manchmal durcheinander.«

22

Am Flughafen warteten Erin und Ben zusammen mit ihrer Familie auf das Flugzeug, das sie nach Hause bringen sollte. Sie waren früh dran, das Flugzeug aber hatte Verspätung und das lange Warten ging ihnen auf die Nerven. Erin wollte nach ihren E-Mails schauen, aber es gab hier keine Computer, an denen das möglich gewesen wäre.

»Was ist denn so wichtig, dass es nicht Zeit hätte, bis wir zu Hause sind?«, neckte ihr Vater sie.

Erin fand, dass es an der Zeit wäre, ihm alles zu erzählen. »Es geht um Nim«, begann sie.

»Sie ist im Fernsehen!«, schrie Ben.

»Verblüffende Szenen ereigneten sich heute in New York«, sagte eine Nachrichtenstimme über ihren Köpfen, »als ein Seelöwe zu Gast auf dem Times Square war.«

Erin wirbelte herum und sah, wie Nim, Selkie und Fred sich auf dem Platz mit den riesigen Bildschirmen durch die Menschenmenge schoben.

»Zunächst hielt man das Ereignis für eine Werbeaktion zum Erscheinen von Alex Rovers neuem Buch *Nims Insel.*«

Ein Bus mit dem Plakat wurde eingeblendet.

»Inzwischen überschlagen sich jedoch die Ereignisse, denn ein Pressesprecher der Tropentrip-Kreuzfahrt-Gesellschaft gab an, dass dieses Mädchen« – Nims Gesicht erschien in Großaufnahme – »als blinder Passagier einen wertvollen dressierten Seelöwen gestohlen habe, der sich in der Obhut der Schifffahrts-Gesellschaft befand.«

»Lügner!«, schrie Ben.

»NIM!«, schrie ein Mann, der neben ihm stand. Schock, Erleichterung und Wut liefen über sein Gesicht, während er auf den Bildschirm starrte. Seine Augen leuchteten und er trug eine rote Schlabberhose.

»Sie sind Nims Vater!«, rief Erin.

»Wer ist Nim?«, fragten die Zwillinge.

Im Fernsehen wurde gezeigt, wie Selkie um das Kanu von Nim und Alex herumtollte.

»Unsere Freundin!«, antworteten Erin und Ben gleichzeitig.

»Bist du Erin?«, rief Jack.

»Und Ben«, sagte Ben.

»Erzählt mir alles!«, sagte Jack.

Die Kamera zeigte jetzt den Professor, der anklagend den Zeigefinger in die Höhe reckte. Dann schwenkte sie auf die Betäubungspistole an seiner Seite.

»Dieser Mann hat Selkie entführt!«

»Und die andern Tiere und Vögel auch.«

»Nim wollte kein blinder Passagier sein – sie hat nur versucht, Selkie zu retten!«

»Wir müssen ihr helfen!«

»Inzwischen wurde die Polizei damit beauftragt, das Tier wieder einzufangen«, berichtete der Reporter.

Jack rannte Richtung Ausgang.

»Warten Sie!«, rief Mr Caritas. »Ich komme mit!«

»Wir kommen alle mit«, sagte Mrs Caritas.

Gemeinsam rannten sie quer durch den Flughafen auf eine lange Schlange gelber Taxis zu, die draußen parkten. Jack sprang mit Erin, Ben und deren Vater in das erste, Mrs Caritas schnappte sich mit den Zwillingen das Taxi gleich dahinter.

»Das ist ein Notfall«, sagte Jack. »Fahren Sie zum Kanuanleger, so schnell Sie können!«

»Dem, der gerade im Fernsehen war?«, fragte der Fahrer. »Wegen dem Seelöwen?«

»Ja. Machen Sie schnell!«

»Alles klar«, sagte der Fahrer und fuhr so schnell los, dass sie nach hinten in ihre Sitze gedrückt wurden.

In wildem Zickzack zischte das Taxi durch den dichten Autobahnverkehr. Jack schloss die Augen, denn draußen wirbelte alles so schnell vorbei, dass ihm davon schwindlig wurde. Dabei hörte er Erin und Ben genau zu, die ihm erzählten, was auf dem

Schiff passiert war. Sein Gesicht war ganz weiß; manchmal guckte er wütend und manchmal stöhnte er auf – aber manchmal lächelte er auch.

»Nim hatte bis jetzt noch nie Kinder als Freunde«, sagte er schließlich. »Sie hat mit euch beiden großes Glück gehabt.«

»Wir mögen sie gern«, sagte Erin.

»Wir haben noch nie jemanden wie sie getroffen«, fügte Ben hinzu.

»Das kann ich mir vorstellen«, sagte Jack.

Sie erzählten Jack auch, dass sie Alex am Morgen gesehen hatten. Da wurde sein Gesicht noch viel blasser und trauriger und er sagte überhaupt nichts mehr.

»Warum habt ihr Mama und mir nicht früher davon erzählt?«, wollte Mr Caritas wissen.

»Wir haben Angst gehabt …«

»Weil der Professor gesagt hat, Nim kommt ins Gefängnis.«

»Das wird auf gar keinen Fall passieren!«, sagten ihr Vater und Jack wie aus einem Mund.

Sie fuhren über eine Brücke in die Stadt hinein. Hupend und drängelnd kämpfte sich das Taxi durch den Verkehr zum Anleger hinunter. Sie konnten die Masten der Segelboote schon sehen und auch die vielen Leute, die sich am Ufer scharten.

Jack drückte dem Fahrer ein Bündel Geldscheine in die Hand, sprang aus dem Taxi und rannte los.

Ein Polizist hielt ihn auf. »Moment mal! Stehen geblieben, und zwar sofort. Da läuft ein wildes Tier frei herum.«

»Aber das ist meine Tochter!«, sagte Jack. »Das Mädchen, nicht die Seelöwin. Die Seelöwin ist ihre Freundin. Die beiden sind zusammen aufgewachsen.«

»Und was ist mit der Frau?«

»Sie ist …«, sagte Jack. »Na ja, sie ist mal … Ich weiß schon, wer sie ist, aber ich weiß nicht, ob sie …«

»Aha«, sagte der Polizist. »Der Herr dort drüben hat mich jedenfalls wissen lassen, dass dieses Tier extrem gefährlich werden kann, wenn man sich ihm ohne entsprechende Fachkenntnis nähert. Darum kann ich Sie auf gar keinen Fall durchlassen.«

»Dieser *Herr*, von dem Sie da sprechen«, sagte Jack mit tiefrotem Gesicht vor lauter Wut, »ist ein Wilderer. Durchsuchen Sie das Schiff. Dort werden Sie noch viel mehr Tiere finden, die aus seinen Fängen gerettet werden müssen. *Er* ist hier das einzige gefährliche Tier.«

Der Professor, der Jack nicht gesehen hatte, kam auf den Polizisten zustolziert. »Wir dürfen auf keinen Fall länger warten, das Tier muss zurück in seinen Käfig. Ich werde es mit einem Betäubungspfeil außer Gefecht setzen.«

»Sie werden nicht auf diesen Seelöwen schießen!«, schnaubte Jack.

»Immer mit der Ruhe!«, sagte der Polizist zum Professor, denn Erin und Ben hatten sich zusammen mit ihren Eltern und den Zwillingen durch die Menschenmenge hindurch zum Aufbewahrungsort für die Kanus geschlichen und paddelten jetzt in engen Kreisen um Selkie herum.

Andere Leute machten es ihnen nach, sodass schließlich jedes Kanu am Pier Selkie umkreiste und sie von dem Professor abschirmte.

Ein Reporter drängelte sich zu dem Polizisten vor, dicht gefolgt von einem Mann in einer Chauffeurs-Uniform. »Dieser Mann hier sagt, er hat den Seelöwen in seiner Limousine hierher gefahren, und das Tier war überhaupt nicht gefährlich.«

»Das kann ich nur unterstreichen«, rief Karla, die gerade mit Fritz über den Rasen gerannt kam. »Es tut nicht mal Kuchenschachteln etwas zuleide!«

»Ich weiß nicht, ob diese Seelöwin überhaupt irgendwem gehört«, sagte Daniel. »Aber auf jeden Fall liebt sie dieses kleine Mädchen und das Mädchen liebt sie.«

»Und ich bin sicher, Sie werden bald herausfinden«, sagte Ivan mit Blick auf den Professor, »dass dies hier der Wilderer ist, den ich heute bei der Polizei gemeldet habe.«

»Was haben Sie dazu zu sagen?«, fragte der Reporter und hielt dem Professor das Mikrofon dicht vors Gesicht.

»Dass ich mir das Tier zurückholen werde!«, brüllte der Professor.

»Legen Sie die Waffe hin!«, rief der Polizist.

Der Professor ignorierte ihn und hob seine Pistole.

Jack sprang ihn an.

Auch der Polizist sprang.

Jack und der Polizist stießen mit den Köpfen zusammen und ihre Köpfe erwischten den Professor am Arm.

»Au!«, brüllte der Professor, als der Betäubungspfeil sein Bein traf. »Ooh«, stöhnte er, als die Spritze zu wirken begann. Er sackte zusammen und war schon tief eingeschlafen, als der Polizist ihn mit Handschellen fesselte.

Jack rannte quer über den Rasen, schneller als er jemals im Leben gerannt war. Er sprang ins Wasser und schwamm los.

Mit einem glücklichen »Onk-Onk« tauchte Selkie zu ihm hinüber.

»Jack!«, schrie Nim.

»Jack!«, flüsterte Alex.

Sie beugten sich beide zu ihm – und das Kanu kippte um. Alle drei hängten sie sich an das gekenterte Boot, lachten und umarmten sich gegenseitig, jubelten und redeten aufeinander ein, bis Fred sein Gesicht zwischen sie steckte und Selkie mit einem nervösen »Onk« zu verstehen gab, dass sie wieder an Land sollten.

»Du hast recht, Selkie«, sagte Jack. »Es wird Zeit, dass wir alle nach Hause kommen.«

»Wir alle?«, fragte Nim.

»Wir alle«, sagte Alex.

23

Es war noch so viel zu regeln, dass sie nicht sofort zurück auf die Insel konnten. »Außerdem«, sagte Nim, »gibt es hier in der Stadt auch viel zu sehen!«

Darum schaute sich Alex, während Jack und Nim wegen dem Professor bei der Polizei waren, das Hausboot mit den Blumen vor den Fenstern an und mietete es für zwei Wochen. Selkie und Fred gefiel es dort, weil sie jederzeit ins Wasser konnten und alleine zu Hause bleiben durften, wenn Nim, Jack und Alex Sachen unternahmen, die ihnen keinen Spaß machten. Nim, Jack und Alex gefiel es dort, weil sie nach einem vollen Tag in der vollen Stadt hier draußen frische Luft atmen und friedlich zuschauen konnten, wie die Sonne über dem Fluss unterging.

Sie besuchten Museen und sahen dort Dinosaurier und winzige Fossilien, ägyptische Mumien und Ritterrüstungen, gewaltige Gemälde und zierliche Schnitzereien. Sie gingen in eine Bibliothek, an deren Decken es Gemälde gab und vor deren Türen Steinlöwen standen. Sie schlenderten durch die heißen Straßen der Stadt und traten in die kühle Luft von Läden, in denen sie Schuhe und Kleider kauften und in denen Frauen so viel Parfüm versprühten, dass Jack niesen musste. Sie gingen ins Kino und vergaßen, ihr Popcorn zu essen, weil die Leinwand so riesengroß war und die Geräusche laut von allen Seiten kamen, was ihnen das Gefühl gab, die Geschichte selbst zu erleben. Sie aßen Bagel und Hotdogs und andere Gerichte, von denen Nim noch nie gehört hatte; sie tranken vornehm Tee in dem eleganten Hotel, das wie ein Palast aussah, und fuhren in einer Kutsche durch die Straßen, die von dem Pferd namens Mabel gezogen wurde. Sie feierten ein Fest mit allen ihren Freunden und einem Leguan-Kuchen, der Fred so sehr überraschte, dass er niesen musste.

Aber am besten war der wahnsinnig heiße Tag, an dem sie zusammen in den riesigen Park mitten in der Stadt gingen. Das Taxi fuhr eine sanft geschwungene Straße entlang und ließ sie an einer Stelle aussteigen, wo ein Weg zu einem friedlichen grünen See führte. Kaum hatte der Fahrer die Tür geöffnet, war Selkie schon fast unten am Wasser.

»Ich hatte ja keine Ahnung, dass Seelöwen so schnell sein können!«, sagte der Fahrer verwundert. »Von dem andern Tier da ganz zu schweigen.«

Fred raste so flink hinter Selkie her, wie ihn seine kurzen Leguan-Beine trugen.

Leute sprangen aus dem Weg, Hunde bellten und Selkie und Fred glitten ins Wasser.

Ein paar Schildkröten, die sich auf einem Baumstamm sonnten, drehten ihre Köpfe, um die beiden anzustarren, und verschwanden dann eine nach der anderen unter der Wasseroberfläche.

Bald tauchte Fred mit einem breiten Grinsen vom Grund wieder nach oben, das Maul voller Wasserpflanzen.

Selkie reckte mitten auf dem See den Kopf, um nach Nim Ausschau zu halten. Aus ihrem Maul hing der Schwanz eines Goldfischs.

Dann hüpfte ein Hund nach dem anderen ins Wasser und paddelte Selkie und Fred hinterher, und zusammen spielten sie die verrückteste und die nasseste Partie Kokosnuss-Fußball-ohne-Kokosnuss, die die Welt jemals gesehen hat.

Lachend sahen die Familien ihren Hunden zu, und auch andere Familien, die im Park unterwegs waren, blieben stehen und guckten.

Auch Nim, Alex und Jack schauten und lachten und saßen den lieben langen Nachmittag über zusammen auf der Wiese im Park.

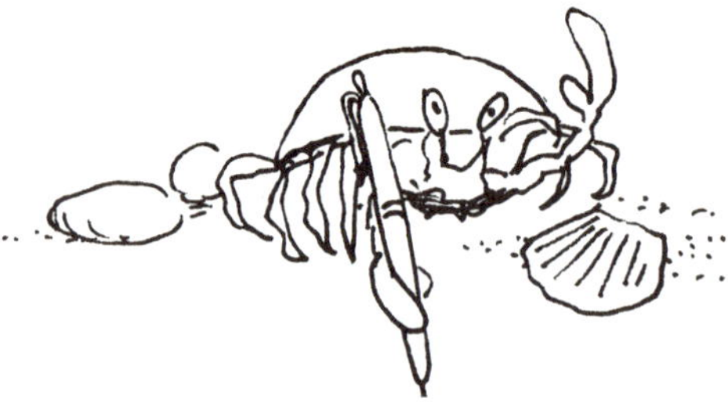

PS

Von: nim@kidmail.com
An: erin@kidmail.com, ben@kidmail.com
Datum: Donnerstag, 22. Juli, 10 Uhr 05
Betreff: Wieder daheim auf der Insel

Liebe Erin, lieber Ben,
ich habe versprochen, euch zu schreiben, wenn wir zurück auf der Insel sind. Es hat Spaß gemacht, in der Stadt zu sein, aber ich bin wirklich froh, dass ich wieder zu Hause bin.
Unsere Rückreise war ganz anders als der Hinweg. Der Kapitän hat Selkie und Fred ein eigenes Wasserbecken gegeben und ich habe in einer Kabine geschlafen. Das war viel bequemer, aber ich habe es vermisst, mit euch zusammen zu sein. Einmal haben wir einen Wal gesehen, der Wasser in die Luft geblasen hat, und ich habe mir gewünscht, ihr wärt da und würdet es auch sehen. Wir haben unterwegs

immer wieder haltgemacht, um die entführten Tiere zurück nach Hause zu bringen.
Nachdem wir auf Sunshine Island angekommen waren, haben wir uns ein neues Segelboot gekauft und sind das letzte Stück gesegelt. Jack wollte selbst ein Boot bauen, aber Alex hat gesagt, das neue Boot wäre ein Geschenk von dem Geld für ihr Buch, und weil Jack wollte, dass wir so schnell wie möglich nach Hause kämen, war er einverstanden.
Selkie ist fast die ganze restliche Strecke über geschwommen. Das war auch gut so, denn als sie mal ein Schläfchen an Deck gemacht hat, war für niemanden mehr Platz übrig. Außerdem hat es Selkie viel Spaß gemacht, den Delfinen vom Schiff die Gegend zu zeigen. Die haben nämlich beschlossen, uns nach Hause zu begleiten, und ein paar von den Vögeln auch.
Jack sagt, der Professor und der Kapitän vom Tropentrip-Schiff werden lange im Gefängnis bleiben müssen. Hoffentlich hat er recht. Kylie, Kelvin und Kristie hoffen das auch. Sie haben uns auf unserem Hausboot besucht und uns erzählt, wie entsetzt sie waren, als sie hörten, dass auf ihrem Schiff Tiere geschmuggelt worden sind. Sie werden jetzt auf einem anderen Schiff arbeiten und Virginia will sich in einem Zoo um Tiere kümmern, die nach

langer Gefangenschaft lernen sollen, wieder in der freien Natur zurechtzukommen.
Habt ihr gesehen, dass ich jetzt eine eigene Mailadresse habe? Ihr könnt mir so oft schreiben, wie ihr wollt. Aber das Allerbeste ist, dass Jack und Alex gesagt haben, ich könnte euch für den nächsten Sommer hierher auf die Insel einladen. Ich hoffe, ihr kommt.
In Liebe (so groß wie die von Selkie zu Fred)
Nim

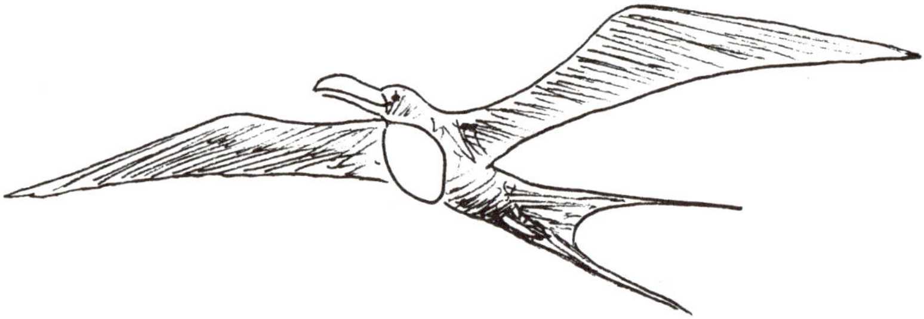

dtv junior

»An Wanda muss man einfach Spaß haben.«

Stern

ISBN 978-3-423-**70908**-8

Eine Klassenfahrt bietet massig Stoff für neue Notizen, besonders weil Bernie und Co. zu Supermachos mutieren.

ISBN 978-3-423-**71226**-2

Wanda ist empört. Sie muss Ferien auf dem Reiterhof machen. Das ist so ziemlich der letzte Ort, wo sie hinwill!

www.dtv-kinderbuch.de

dtv junior

Chaos-Comics von LUIS

ISBN 978-3-423-**76005**-8 ISBN 978-3-423-**76006**-5

Locker bleiben?! Gar nicht so einfach, wenn Pfannkuchengesicht Detlef und Monsterbacke Ritschie wieder eine Attacke auf Luis starten: Aber am Ende wird die Coolness siegen!

www.dtv-kinderbuch.de

ISBN 978-3-423-**70771**-8 Ab 10